双葉文庫

照れ降れ長屋風聞帖【五】

あやめ河岸

坂岡真

目次

松葉時雨《まつばしぐれ》

一

風が麦穂を揺らす薄曇りの午後、下谷根岸《したやねぎし》の円光寺《えんこうじ》へ藤見におとずれ、ついでに音無川《おとなしがわ》のほうまで足を延ばしてみると、途中の竹藪《たけやぶ》を抜けたあたりで急に目の前が開け、突風に裾《すそ》をさらわれた。

振りあおげば、松葉が時雨と降りそそぎ、箭《や》のごとく目に刺さってくる。

「緑の雨、ほら、緑の雨」

髪をお煙草盆《たばこぼん》に結ったおすずは子犬のように駈けまわり、おまつの袖《そで》にまとわりつく。

おまつは余所行《よそゆ》きの黒小紋《くろこもん》ではなく、袖や裾に芭蕉《ばしょう》の葉を透かした藤色の着物を羽織《はお》っていた。葉脈には金糸がふんだんに使われ、大柄なからだがいっそう華やいでみえる。

行く手の正面には、不動明王《ふどうみようおう》を祀《まつ》った草堂《そうどう》が結ばれていた。枯《か》れ寂《さ》びた草堂を慈悲深い枝蔭で覆《おお》うかのごとく、御行《おぎよう》の松は聳《そび》えている。弘法大師《こうぼうだいし》に縁《ゆかり》ある名と聞いたが、御行の詳しい由来《ゆらい》はわからない。なるほど、九つの娘が嬉々として叫んだとおりであった。

緑の雨。

樹齢三百有余年の大木は太い幹を揺すり、恰《あたか》も噎《むせ》び泣くかのように無数の松葉を散らしている。

「哀しいのか」

浅間三左衛門《あさまさんざえもん》は捩《ね》じくれた幹を仰ぎ、そっと問いかけてみた。

上野山《うえのやま》の一帯を忍岡《しのぶがおか》と呼ぶのならば、御行の松が佇《たたず》む根岸の一画は時雨岡《しぐれがおか》と呼ばれている。

冷雨が朽《く》ち葉を濡らす冬仕度《ふゆじたく》の岡ではなく、万物の生気盈《み》ちるこの季《とき》に松葉の乱れ散る景観を愛《め》でながら、どこかの風流人が「時雨岡」とでも口走ったのだろうか。

三左衛門は詮無《せんな》いことにおもいを馳《は》せつつ、細身のからだを土手下にかたむけた。

「おまえさん、どこへ行くの」

おまつが羽織の褄《つま》を取り、艶《つや》めいた朱唇《くちびる》を尖《とが》らせる。

「ちょっと汀《みぎわ》まで」

黒橡《くろつるばみ》の裾を割り、ゆったり歩をすすめた。

草堂の裏手に流れる音無川の水面《みなも》も、松落葉で埋めつくされている。

石神井村《しゃくじいむら》の三宝寺池《さんぼうじいけ》を水源とし、王子《おうじ》の杜《もり》から飛鳥山《あすかやま》を経て水の張られた鏡田《かがみだ》を突っきり、末は山谷堀《さんやぼり》と交わって隅田川《すみだがわ》へ注ぎこむ。細長くうねうねと蛇行《だこう》しながら流れる川は、静謐《せいひつ》で冷たい。

ふと、三左衛門は故郷の富岡《とみおか》城下を潤《うるお》す鏑川《かぶらがわ》をおもいだした。

春は鮎《あゆ》の友釣り、夏は泳ぎくらべ、秋は紅葉、冬は白銀《しろがね》の東涯《とうがい》に荒船山《あらふねやま》の岩膚《いわはだ》を仰ぎみた。四季の移ろいは鏑川とともにあったが、二度と慣れ親しんだ風景を目にすることはあるまい。

中山道《なかせんどう》を上州《じょうしゅう》へむかえば、苦もなく故郷へ帰りつくことはできる。

しかし、帰れぬ事情があった。

おもいだしたくもない血の記憶、そういえば、あの瞬間《とき》も城下には松葉が時雨と降りそそいでいた。

ともあれ、二度と故郷へは帰るまいと決めたのだ。

三左衛門は江戸へ出て、幼子《おさなご》のおすずを抱えたおまつと出逢い、魚河岸《うおがし》のそばにある照降町《てりふりちょう》の裏長屋で暮らしはじめた。爾来《じらい》、五年余り、毎朝月代《さかやき》を剃《そ》って陣屋《じんや》へ出仕《しゅっし》していたころの記憶は、年を重ねるごとに霞《かす》んでゆく。

小禄役人の三男坊として生まれ、二十歳《はたち》での出仕から二十年近くも七日市藩《なのかいちはん》（一万石）の禄《ろく》を食《は》んだ。そのころの暮らしは偽《いつわ》りにすら感じられ、おまつに甘えながら生きる気儘《きまま》な浪人暮らしが、生来より望んでいたもののようにおもえてならない。人間本然のいとなみとでも言おうか、三左衛門は今の暮らしに幸福と充足を感じている。

だが、前触れもなく、名状しがたい寂《さび》しさに襲われることがあった。

帰参を望む気など微塵《みじん》もないし、あらためて他藩へ仕官する志《こころざし》もない。侍という身分を捨ててもよいとすらおもっている。

ただ、鏑川の風景だけは忘れようにも忘れられない。

もういちど、河原に吹きぬける風を胸腔《むね》いっぱいに吸いこんでみたかった。

来し方を振りかえらずに生きようと誓った気概は、時折、奔流《ほんりゅう》となって溢《あふ》れだす郷愁《きょうしゅう》に押しながされてしまいそうになる。

強がってみせても、所詮《しょせん》は弱い人間なのだ。

おまつとておなじ、哀しい思い出を携《たずさ》えながら生きている。心の弱い者同士が身を寄せあい、ささやかな幸福を見出そうと藻掻《もが》いているにすぎない。

川の冷たさに触れたくなり、三左衛門は草履《ぞうり》を脱いだ。

「おまえさん、そんなところで水垢離《みずごり》かい」

おまつは驚いてみせたが、咎《とが》めだてするつもりもなさそうだ。

おすずは大きな瞳をかがやかせ、じっとこちらを凝視《みつ》めている。

三左衛門は鷺《さぎ》のような足取りで、右足を汀の水面に突っこんだ。

「うほっ、ひゃっけえ」

おもわず、足を引っこめる。

爪先の痺《しび》れが全身に伝わり、踏みこむ勇気が萎《な》えてしまった。

そこへ、どこからともなく、女の物悲しげな声が聞こえてきた。

「落ちゃないか、落ちゃないか……どうか、髪を分けてくださりませぬか」

声は次第に近づいてくる。

三左衛門は汀に沿った道のむこうに、女の影を探した。

「おまつ、あの声は」

「落買《おちが》いだね」

「落買い」

「かもじにする髪の毛を買うんだよ」

神社などに奉納される女の髪を、安価な値で買いあつめる商いらしい。何かの事情でうらぶれた女たちが、わずかな銭を得るためにやるのだ。

おまつはかもじの仕込まれた丸髷《まるまげ》に手を触れ、青眉《あおまゆ》をきゅっと寄せた。

「ほら、あそこ」

異様に痩《や》せた輪郭《りんかく》が糸遊《いとゆう》（かげろう）のように揺れながら、川沿いの細道をたどってくる。

女は鼠地《ねずじ》に三枡格子《みますごうし》の垢《あか》じみた小袖を纏《まと》っていた。頭髪は無きに等しく、豆絞《まめしぼ》りの手拭いで頭と口を覆うすがたは、まるで、ひときり百文で春を売る色比丘尼《いろびくに》のようだ。

俯《うつむ》いているので表情はわからない。ただ、眸子《まなこ》の光だけは尋常ではなかった。こちらに人影をみつけると、獲物を逃すまいとでもするかのように、股《また》ずれのしそうな勢いで小走りに駈けてくる。

「困ったね、どうしよう」

おまつは、ぽつりとつぶやいた。

女は三間ほどさきで足を止め、蚊《か》の鳴くような声を搾《しぼ》りだす。

「ご新造《しんぞ》さん、髪の毛を少し分けてくださいな」

三左衛門はぞっとした。

頬《ほお》の瘦《こ》けおちた女の顔が、髑髏《どくろ》のようにみえたのだ。

おまつは巾着《きんちゃく》を開き、波銭《なみせん》を何枚か取りだした。

「髪の毛は無理なんだよ、かわりにこれを」

風が吹き、女の撫《な》で肩《がた》に松葉がちらちら落ちてきた。

おすずは子供なりに空気を読み、汀のほうへ駈けだした。

女は手拭いで顔を隠してお辞儀をし、逃げるように去ってゆく。

「ちょっ……ちょっと待って」

おまつは伸ばしかけた手を、所在なげに引っこめた。

遠ざかる女の背を目で追いつつ、長々と溜息《っ》を吐く。

「どうした、おまつ」

「まちがいないよ、あれはおふじだ」

「知りあいか」

「幼なじみさ。桶町《おけちょう》にあった味噌屋《みそや》の娘でね」

十二年前、味噌屋の娘はとある事情で行方《ゆきかた》知れずになった。

「とある事情」

「哀れなはなしさ」

おまつは投げやりな口調で言い、込みあげてくるものをぐっと怺《こら》える。

「喋《しゃべ》りたくなければ無理をせずともよい……それにしても十二年か、ずいぶんむかしのはなしだな」

「行方知れずになったのは、おふじが二十一のときさ。わたしと同い年で小町娘を競《きそ》った仲だから、ようくおぼえている」

「十年経てば人の顔は変わる。ひとちがいかもしれぬぞ」

「まちがえるはずがあるものか。でもね、あんまりうらぶれちまったものだから、つい、声を掛けそびれたんだよ」

じつは、今日がはじめてではないらしい。

「先だって、青山《あおやま》の目青不動《めあおふどう》へ縁結びの願掛けに行ったろう」

「ふむ」

目青不動で知られる最勝寺《さいしょうじ》教学院《きょうがくいん》の境内《けいだい》には、枳殻《からたち》の白い花が咲きほころんでいた。

「そう、あのときも落買いの声を聞いたんだよ」

「おふじとはかぎらぬだろう」

「いいや、ちょっと掠《かす》れたあの声だった」

言われてみれば、耳にしたような気もする。

枳殻の優しい香りとともに、三左衛門は憂《うれ》いのある女の声をおもいだした。

「不動繋《つな》ぎか」

「そうだね、ここにもお不動さんが鎮座《ちんざ》なさっておられる。二度あることは三度って言うし、縁があるのかもしれないね」

「三度目に遭《あ》ったら、声を掛けるのか」

「そりゃ知られたくない事情もあるだろうさ。でもね、そいつを聞いてあげたい気もするんだよ」

「なるほど」

おまつらしい。お節介焼《せっかいや》きが高じて、男女の仲をとりもつ十分一屋《じゅうぶいちや》（仲人《なこうど》業《ぎょう》）になったのだ。

ばしゃっと、水飛沫《みずしぶき》が撥《は》ねた。

おすずが足の甲で水を蹴り、肩をすくめて笑っている。

「おやめ、川にはまっちまうよ」

おまつの叱る声に、いつもの張りがない。

おすずは言うことを聞かず、裾をからげて跣足《はだし》になり、汀からむこうへどんどん踏みこんでゆく。

「こら、おやめと言っているだろう」

御行の松はあいかわらず、松葉を散らしつづけていた。

屈託《くったく》のないおすずの笑顔を眺めながら、三左衛門は落買いに堕《お》ちた女の不幸をおもった。

二

おまつは不幸な女のことを語ろうとせず、三左衛門も敢えて聞こうとはしなかった。

五日も経つと落買いの記憶は薄れてゆき、藤の花も花弁を散らす光景がめだつようになった。

梅雨《つゆ》入りはまださきだというのに、空は鬱々《うつうつ》としていっこうに晴れない。

今日も朝から小糠雨《こぬかあめ》が降っている。

憂さ晴らしに人形浄瑠璃《にんぎょうじょうるり》でも観ようとおもい、三左衛門はおすずを連れて外へ出た。

この程度の雨なら、濡れてもたいしたことはない。

傘《かさ》も合羽《かっぱ》も携えず、魚河岸の生臭いにおいを嗅ぎながら親父橋《おやじばし》を渡り、堺町《さかいちょう》の薩摩座《さつまざ》へむかう。

「あ、十分一屋の旦那さん、まいど」

「ふむ」

剽軽《ひょうきん》な木戸番に木戸銭を抛《ほう》り、演目の看板もみずに小屋へはいる。

小屋のなかは薄暗く、語りと三味線《しゃみせん》の音色《ねいろ》以外は咳《しわぶき》ひとつ聞こえてこない。

客席は適度に埋まっており、光と影の陰翳《いんえい》を利かせた舞台のうえに客たちの眼差しは釘付けになっている。

物言わぬ人形たちが巧みに演じているのは世話物の桂川《かつらがわ》、すでに物語は終盤まですすみ、愁嘆場《しゅうたんば》が近づいていた。

九つの娘に理解できようはずはないと、そう考えるのは浅はかなことで、おすずは「桂川の心中話だよ」と、あっさり言ってのける。それどころか、十四のお半《はん》が二十五も年のはなれた長右衛門《ちょうえもん》の心を動かした決め台詞《ぜりふ》を諳《そら》んじてみせた。

「さだまりごととあきらめて、いっしょに死んでくだしゃんせ」

どこで憶えたのか、うっとりと流し目まで送ってくる。

「これ、おすず、大人をからかうでない」

「うふふ、おっちゃんは何にも知らないんだね」

叱っても薄ら笑いを浮かべ、舞台を食い入るように凝視める。

血の繋がった父娘でないことを、本人も強く意識しているのだろうか。

いまさら「おとっつぁん」とか「父上」とか呼ばれても戸惑ってしまうばかりだが、三左衛門は一抹《いちまつ》の寂しさを感じながら、幕引きと同時に小屋を出た。

雨はいっこうに熄《や》む気配もなく、濡れて帰るしかなかった。

といっても、親父橋を渡れば、九尺二間《くしゃくにけん》の棟割《むねわり》長屋はすぐそこだ。

橋むこうには「嬶ァ松《かかまつ》」と呼ばれる老松《おいまつ》が聳《そび》え、道行くひとびとに雨宿りの大傘を提供している。

「ねえ、あそこ」

おすずに促されて目をむけると、前垂《まえだ》れの丁稚小僧《でっちこぞう》がぽつねんと立っていた。橋の手前に露店を構え、みずからは前髪を濡らしながら傘を売っているのだ。年は十一か二、芝居町《しばいまち》では見掛けぬ顔の小僧だが、紺《こん》の前垂れに白抜きで染められた屋号には見覚えがある。

「雨松屋《あめまつや》か」

雨を待つと洒落《しゃれ》た屋号の傘屋ならば、楽屋新道《がくやしんみち》の北端に店を構えている。芝居茶屋への卸売《おろしう》りと芝居客相手の店売りが主力だが、雨降りの日は宣伝も兼ねて役者の紋が入った役者傘を露店で売る。これが一本二百文と、けっこう高い。

もちろん、三左衛門に買う気はなかった。

だいいち、古傘の骨を削って一本五十文の内職をしている身分なのだ。

それに、二百文あれば酒が一升六合も呑める。

「もったいない」

小僧を無視して、その場を通りすぎた。

「おっちゃん、待って」

どうしたわけか、おすずは頑《がん》として動かない。

縁起物《えんぎもの》だから、成田屋《なりたや》の三枡紋が描かれたやつを一本買っておくれとせがむ。

拝みたおされて引っかえし、たたまれた海老茶《えびちゃ》の傘を手に取った。

「けっこう重いのだな」

「へえ、大傘にございます」

成田屋の品だけは塗りに特別な顔料を使っており、一朱と値が張るのだという。

「ふん、莫迦《ばか》らしい。唐傘《からかさ》ごときに一朱も払っていられるか」

おまつの般若顔《はんにゃがお》を浮かべながら、三左衛門は吐きすてた。

「いやだ、いやだ」

おすずはめずらしく駄々をこね、どうしても傘を買うてくれと繰りかえす。

どうやら傘が欲しいのではなく、雨に打たれて萎《しお》れた小僧《こ》を哀れにおもったらしい。

「しょうがない娘だな」

三左衛門は袖に手を突っこみ、なけなしの一朱金を差しだした。

小僧の顔が、ぱっとかがやく。

「まいど、ありがとう存じます」

「まいどではない、今日だけだ、いっかいこっきりこれっきり」

「それでも、嬉しゅうございます……うう」

「なんだ、おまえ、涙ぐんでおるのか」

「丁稚奉公《ぼうこう》に出て五日目、ようやっと一本売れました。生まれてはじめて他人様《ひとさま》に買っていただいた傘なのでございます」

傘にかぎらず、他人から預けられた品を生まれてはじめて売ったときの感激はそれは大きいものだろう。

三左衛門は気分が良くなってきた。

「小僧、いくつだ」

「十二です」

「しっかりしておるではないか、名は」

「松吉《まつきち》でございます」

「雨松の松吉か、ややこしいな」

三左衛門は団十郎《だんじゅうろう》になった気分で役者傘を開き、おすずに差しかけてやった。

「よ、成田屋」

九つの娘は大向こうの客をまね、得意満面の笑みを浮かべてみせる。

親父橋を渡りきっても、松吉はお辞儀をしたまま顔をあげずにいた。

「おすず、ひょっとして知りあいか」

「うん、先だって、二丁目の喜兵衛店《きへえだな》に越してきたんだよ」

いちど遊んでもらったことがあるらしい。

なにはともあれ、昨日までの洟垂《はなた》れが真新しい仕着《しき》せを纏って丁稚奉公をはじめた。

おすずの目には、松吉のすがたが新緑のように眩《まぶ》しく映った。小生意気にも、ご祝儀のつもりで何かしてやりたい気持ちに駆られたのだろう。さすがにそのあたりは、情の深いおまつの娘だけのことはある。

三左衛門は相好《そうごう》をくずした。

「おすずは下駄屋の洟垂れを好いておったのではないのか」

「洟垂れじゃない、庄吉《しょうきつ》ちゃんだよ」

「おう、すまぬ、そうであったな」

「庄吉ちゃんは好きだけど、松吉兄ちゃんはまた別さ」

どう別なのか、よくわからないが、三左衛門は晴れやかな気持ちで家路についた。

狭苦しい露地裏へ着いたころには雨もあがり、傘は用をなさなくなってしまった。

「おや、おすずちゃんかい。ごたいそうな蛇《じゃ》の目《め》を買ってもらったねえ」

洗濯女のおせいが、皮肉めいた口調で声を掛けてきた。

旦那の轟十内《とどろきじゅうない》は居合抜きの達人、寺社の境内へ出張《でば》っては腹薬《はらぐすり》を売っている。呑み仲間だが、おたがいに銭がないので深酒にはならない。

「ずいぶん値の張りそうな蛇の目じゃないか」

「おばちゃん、一朱だよ。ほら、成田屋の紋付きさ」

「ふうん、そりゃまた豪儀《ごうぎ》な。どうりで、照降長屋の傘屋なんぞじゃ見掛けないお品だとおもったよ」

三左衛門は渋い顔でおせいに会釈《えしゃく》をし、稲荷《いなり》の祠《ほこら》を斜《はす》にみる部屋の油障子を引きあけた。

「うっ」

おまつが上《あ》がり框《かまち》のところで仁王立《におうだ》ちになり、怖ろしい形相《ぎょうそう》で待ちかまえていた。

「このとんちき、蛇の目なんぞを買ってどうすんだい」

おせいの台詞を小耳に挟み、頭に血をのぼらせたのだ。

「目を見開いてようくごらんな。ここにもそこにもあそこにも、うちには古傘が腐るほど転がっているんだ。大店《おおだな》の旦那でもあるまいに、一本一朱の役者傘を買うだなんて、いったいどういう了見《りょうけん》なんだろうねえ、まったく」

三左衛門が口をぱくつかせると、おすずが割ってはいった。

「おっかさん、わたしが頼んだの」

「なんだって」

「親父橋のところでね、松吉兄ちゃんが売っていたの」

「松吉なんて子は知らないねえ」

「喜兵衛店に越してきた兄ちゃんだよ」

「おもいだした、合羽《かっぱ》職人の子だね」

「うん」

おまつは黙って考えこみ、ふうっと肩の力を抜いた。

「そうかい、合羽職人の……だったら仕方ないか」

なにがどう仕方ないのか、三左衛門は知りたくなった。

「合羽職人というのは、あれか、桐油《とうゆ》紙《し》を裁断して合羽をつくる職人のことか」

「ええ、そうですよ、高履《げた》の爪掛《つまがけ》なんぞも器用につくります」

松吉の父親は善治郎《ぜんじろう》、母親はおみねといい、ふたりとも還暦《かんれき》を越えた皺顔《しわがお》の老人で、十二の子をもつ親というには年をとりすぎている。

「道灌山《どうかんやま》のほうから引っ越してきたってんで、いちど外で挨拶《あいさつ》を交わしたきりだけど、大家さんに聞いたところでは、どうも松吉は拾われっ子らしいんだよ」

「それで、仕方ないと言ったのか」

「拾われっ子はたいてい鬼っ子に育っちまうものさ。ところが、松吉は親思いの優しい子に育った。しかも、算盤《そろばん》ができるってんで、雨松屋さんから請われて丁稚奉公にあがったんだとさ」

「ふうん」

「それにしても、あんな良い子を捨てるなんて、母親の顔がみてみたいよ」

おまつにしては情のないことを言う。

良い子になるかどうかなど、生まれた時点ではわからない。

母親にも子を捨てねばならぬ事情があったのだろう。

もし、母親が生きているのなら、腹を痛めた赤子を捨てたことをきっと後悔しているにちがいない。

「おまつよ、母とはそういうものであろう」

「そりゃそうだろうけど、赤子を捨てる藪はあれども身を捨てる藪はなしって諺《ことわざ》もあるからね。人間は身勝手な生き物さ。お金が無くて子は捨てても、自分だけは生きのびようとする。どんな事情があろうとも、あたしゃ子を捨てた母親のことが許せないんだよ」

おまつは激昂《げっこう》しながら喋り、仕舞《しま》いには感極まってしまう。

おすずにねだられ、役者傘を買ったばっかりに、はなしは妙な方向へすすんだ。

三左衛門は顎《あご》を突きだし、恐る恐る問うてみる。

「おまつ、じつは傘代の一朱をな」

「欲しいってのかい」

「だめかね」

掌《て》を差しだした途端、ぱしっと叩かれた。

「おあいにくさま。いちど払っちまったものは戻ってきやしませんよ。おあしっていうくらいだからね、ふふ」

見事に落ちを決められたら、黙るしかなかった。

好きな投句《とうく》も酒も、とうぶんは控えねばなるまい。

三

裏木戸の閉まる亥《い》ノ正刻（午後十時）、雲間に月がみえていた。
更待《ふけま》ちの月だ。煌々《こうこう》と、盗人《ぬすっと》どもの足もとを照らすかのように、蒼白い光を投げかけてくる。

今し方、合羽職人の善治郎が申し訳なさそうな顔で訪れた。
息子の松吉が一朱もする傘を無理に買わせたのではないかと、心配になって謝りにきたのだ。

松吉自身も売ったときは嬉しかったが、次第にそのことが気になりはじめた。傘を買ってくれたのはおすずの父親、ということは、照降町の貧乏長屋の住人にほかならず、たいへんな散財をさせたのではないかと、あとになって後悔が湧きあがってきたのだ。

金を返そうとする善治郎にむかって、おまつは毅然《きぜん》と言いはなった。
「うちは先代から成田屋贔屓《びいき》でしてね、三枡紋入りの役者傘なら、一朱と言わず一両でも惜しくはありませんよ」

さすがは日本橋呉服町《ごふくちょう》に大店を構えていた糸屋の娘、見栄《みえ》を張らねばならぬ場面をしっかり心得ている。

みるからに人の良さそうな好々爺《こうこうや》の善治郎は、一瞬、きょとんとしてみせたが、すぐにおまつの心情を理解した。小柄なからだをいっそう縮めて頭を垂れ、感激に顔を紅潮《こうちょう》させながら帰っていった。

これで一件落着と胸を撫でおろしたところへ、こんどは風体《ふうてい》の怪しい男どもが押しかけてきた。

「ごめんよ。十分一屋のおまつさんてのは、おまえさんかい」

「そうだけど」

三人のまんなかに立つ骨張った男が不躾《ぶしつけ》にも部屋を眺めまわし、三左衛門を睨《にら》みつけた。

「旦那か、腐れ長屋にくたびれた二本差しがいるたあな。へへ、おいらは仁助《にすけ》、蔵前《くらまえ》のほうじゃちったあ名の知れた男さ」

「ふん、高利貸《こうりが》しの手先かい」

すかさず、おまつが切りかえす。

「察しがいいな、山寺屋《やまでらや》さんの使いだよ」

「山寺屋辰五郎《たつごろう》といやあ、阿漕《あこぎ》な五両一《ごりょういち》だね」

「ほほう、気の強《つえ》え女じゃねえか。ちょいと痛めつけてやろうか、あん」

三左衛門が、ぱしっと自分の臑《すね》を叩いた。

仁助は肩をびくつかせ、拳《こぶし》を握りしめる。

「へん、やわな二本差しなんざ怖かねえぜ」

五両一は高利貸しの通称、貸金五両について月金一分の利息をとるのでこう呼ばれる。

「仁助さんとやら、用件を早くお言いな」

「あんだと、このばくれん女め。合羽屋をどこへ隠しやがった」

「おや、あたしを脅そうってのかい」

「るせえ」

「野良犬みたいに吼《ほ》えるんじゃないよ、ご近所迷惑だろう」

「隠しだてするとためにならねえぞ。爺《じじい》がここへ足をむけたのは先刻承知なんだぜ」

「ちょいとお聞きするけど、善治郎さんがあんたらから銭を借りたとはおもえないんだけどねえ」

「借りたな爺じゃねえ。清六《せいろく》っていう婆ァの末弟《まってい》さ。博打《ばくち》好きの腑《ふ》抜《ぬ》け野郎でな、五十両もの借金こせえてとんずらしちまったんだよ」

事情はわかった。善治郎は義弟の保証人になっていたがために、阿漕な連中から借金の返済を迫られているのだ。

と、そこへ、下っ端が飛びこんできた。

「兄貴、爺が部屋に戻ったぜ」

「あんだと、よし」

仁助たちは敷居をまたいだときと同様、騒々しく去ってゆく。

おまつは小鼻をぷっと膨《ふく》らませ、三左衛門に怒りをぶつけた。

「行っちまったよ、おまえさん、ぼさっとしてないで追いかけたらどうなんだい」

「おいおい、善治郎を助けてやれというのか」

「あたりまえだろう。ご近所さんが苦しむのを指をくわえて眺めていられますか」

「助けてやったとしても、その場しのぎにしかならぬぞ」

「この赤鰯《あかいわし》め。酢の蒟蒻《こんにゃく》のと抜かす暇があるんなら、重たい腰をあげろってんだ」

蹴りだされるように外へ出ると、おすずがすっ飛んできた。

「おっちゃん、ごめんね」

「なぜ謝る」

「だって、わたしのせいだもの。役者傘を買うてとせがんだから」

「おすずのせいではない」

「でも」

「案ずるな。小半刻《こはんとき》（三十分）で帰ってくる」

「平気かい。だって、おっちゃんの刀は赤鰯なんだろう」

鰯どころか、竹光《たけみつ》だった。

頼るべきは脇差ひと振り、本身の尺は一尺四寸に足りぬが、葵下坂《あおいしもさか》と呼ばれる越前康継《えちぜんやすつぐ》の業物《わざもの》である。

あの程度の相手なら、康継を鞘走《さやばし》らせる必要もあるまい。

三左衛門は木戸脇の潜《くぐ》り戸《ど》を抜け、目と鼻のさきにある喜兵衛店へ急いだ。

裏木戸を潜ると、奥まった一隅に部屋の灯りが洩れ、何やら人の怒鳴り声まで聞こえてくる。向かいも隣もひっそり閑《かん》と寝静まっているものの、誰もが障子に穴を開けて様子を窺《うかが》っているはずだ。

三左衛門は頬被《ほっかむ》りでもしたい気分だったが、あいにく、手拭いを持ちあわせていない。仕方なく顔を晒《さら》しながら、声のするほうへ近づいていった。

すると、いきなり、善治郎が油障子の外へ蹴りだされてきた。

毛臑《けずね》を剝《む》いているのは、さきほどの仁助とかいう半端者《はんぱもの》だ。

「けっ、たったの三両じゃ屁《へ》の足しにもならねえや」

「どうかご勘弁《かんべん》を。蓄《たくわ》えはそれしかありません」

「嘘を吐《つ》くんじゃねえ。その年ならもっと貯めてるはずだぜ。なんなら畳をぜんぶ剝《は》いじまおうか、え」

「ご勘弁を、後生《ごしょう》です」

「いいや、勘弁ならねえ。恨《うら》むんなら、ろくでなしの義弟を恨むんだな」

仁助は唾《つば》を飛ばし、善治郎の顔を足の裏で蹴りつける。

その瞬間、部屋から松吉が飛びだしてきた。

「やめろ」

仁助の腰に齧《かじ》りつき、藁人形《わらにんぎょう》のように振りとばされてしまう。

「あ、松吉」

　こんどは老婆がよろよろあらわれ、下っ端に足を引っかけられて地べたに転んだ。

　それでも、ぐったりした松吉のもとへ、芋虫《いもむし》のように這《は》ってゆく。

　正視できない光景だった。

　救おうともしない長屋の連中が憎たらしくなってくる。

「おい、やめておけ」

　三左衛門は暗がりから、棘《とげ》のある声を投げかけた。

　半端者はぜんぶで四人、腕の一本くらい折っても罰《ばち》は当たるまい。

「誰でえ」

　仁助が身構え、懐中に右手を差しいれた。

「ちょっと待て。匕首《あいくち》を抜いたやつは腕を折るぞ。それでもいいなら抜いてみろ」

「あんだと」

　仁助ではなく、かたわらの下っ端がさきに抜き、脱兎《だっと》のごとく駈けよってきた。

　三左衛門は暗闇に光る刃を手刀で落とし、相手の手首をつかんで軽く捻《ひね》った。

「わっ」

下っ端は反転して背中から落ち、息を詰まらせる。

三左衛門は容赦《ようしゃ》せず、相手の右肘《みぎひじ》を抱えこむや、ぼきっと反対側へ折りまげた。

「うぎゃっ……い、痛え」

悲鳴をあげて転がる男を尻目に、すっと一歩踏みだす。

「うわっ、待て、おめえさっきの……十分一屋のヒモか」

「ああ、そうだ。ヒモで悪かったな」

仁助以下の三人は懐中へ手を入れたまま、じっと身構えている。

「おとなしく尻尾《しっぽ》を巻いて去れ。匕首を抜いたら、あやつの二の舞だぞ」

顎をしゃくったさきでは、下っ端がねじまがった腕を抱えて転げまわっている。

「くそ、おぼえてやがれ」

仁助は捨て台詞を吐き、怪我人を引きずって裏木戸のむこうへ消えた。

「ありがとう存じます」

松吉が大人びた口調で言い、地べたに土下座《どげざ》してみせる。

傷ついた善治郎とおみねもこれに倣《なら》い、三左衛門を辟易《へきえき》させた。

「顔をあげてくれ。今夜のところは切りぬけたが、ああした連中のことだ、つぎがないとはかぎらぬ」

「覚悟しております」

と、善治郎は腫《は》らした目をむけてきた。

「すべては不肖《ふしょう》の義弟がしでかしたこと、血縁が後始末をせねばなりませぬ」

金もないのに、どうやって後始末をするというのか、糺《ただ》そうとして三左衛門はやめた。

善治郎の眼差しに、尋常ではない決意を見出したのだ。

こやつ、死ぬ気か。

おみねも、松吉までもが、おなじ眼差しで睨みつけてくる。

三左衛門はたじろいだ。

かつて、朋輩《ほうばい》からも、おなじような目で睨《ね》めつけられたことがあった。

道場で鎬《しのぎ》を削った仲であったが、もはや、その男はこの世にはいない。

この手で斬った。

富田流小太刀《とだりゅうこだち》の技倆《うで》を買われ、七日市藩の馬廻《うままわ》り役《やく》に抜擢《ばってき》された。

それが仇《あだ》となった。

朋輩は藩政に異を唱え、仲間を募って殿様を襲撃するという暴挙に出た。

陣屋の正門前、殿様自慢の老松が松葉を散らすなか、三左衛門は詮方《せんかた》なく朋輩を斬りすてた。翌日、手柄一番の褒美《ほうび》を下賜《かし》されたものの、居たたまれなくなって出奔《しゅっぽん》、故郷を捨てざるを得なかったのだ。

「浅間さま」

善治郎に呼ばれ、三左衛門はわれにかえった。

「よろしければ部屋へどうぞ。たいしたもてなしはできねえが、ささ、どうぞ」

「いや、もう遅い。遠慮しておこう」

「さようですか」

「それより、雲隠れした義弟の行方に心当たりはないのか」

「ござりませぬ」

「女房や子供は」

「幸か不幸か、義弟は独り身にござります」

「ほかに相談できる親戚もおらずか」

「はい」

義弟は親戚じゅうをまわり、保証人になってくれる相手をさがしたのだ。

おみねには五人も男兄弟があったが、窮状《きゆうじよう》を助けようとする者はひとりもいなかった。

「正直者の善人だけが莫迦をみる。世知辛《せちがら》い世の中だな」

おまつが口走りそうな台詞を吐き、項垂《うなだ》れる三人に背をむけた。

お節介を焼くにも限度がある。あまり深入りはできない。助けてやりたくても、山寺屋を脅して借金を棒引きさせるわけにもいかず、これ以上はどうにもならないのだ。

三左衛門は後ろ髪を引かれるおもいで、裏木戸を潜りぬけた。

四

憂慮《ゆうりよ》していたことは何ひとつ起こらず、八日が過ぎた。

変わったことといえば、善治郎が先日のお礼に是非《ぜひ》貰ってほしいと、錦松《にしきまつ》の盆栽《ぼんさい》を携えてきたことくらいだ。

どうやら、隠れた嗜みでもあったらしい。

盆栽を貰ってもしょうがないので、おまつは丁重に断ったものの、善治郎は頑として譲らず、盆栽を置いて逃げるように去っていった。

松の枝振りは小さいながらも仰々《ぎょうぎょう》しい。

三左衛門にもおまつにも価値がわからないので、ここはひとつ下谷同朋町《どうぼうちょう》に住む八尾半兵衛《やおはんべえ》に聞いてみようということになった。

今日は朝からぽかぽかと陽気もよく、散策にはもってこいの日和《ひより》だ。

さっそく鉢を抱え、日本橋の大路を歩んでみたものの、どうにも人目が気になる。四つ辻で駕籠《かご》を拾って乗れば、こんどは松の枝がわさわさ揺れて危なっかしい。仕方なしに神田川の手前で駕籠を降り、和泉橋《いずみばし》を渡ってからは人通りの少ない裏道をたどって同朋町へむかった。

半兵衛は南町奉行所の元風烈見廻《ふうれつみまわ》り同心《どうしん》で、甥《おい》っ子の半四郎《はんしろう》と三左衛門は投句仲間でもある。子宝に恵まれず、隠居後はあっさり御家人株《ごけにんかぶ》を売りはらい、その金で大量の苗《なえ》を仕入れて鉢物をはじめ、今では鉢物名人として知られるようになった。

変わり朝顔だの万年青《おもと》だの、蘊蓄《うんちく》を語りだしたら止まらない。癖《くせ》がつよく、憎まれ口を叩いてばかりいる頑固な老人だが、折に触れて逢いたくなる人物でもあった。

三左衛門は徒組組屋敷《かちぐみくみやしき》のつづく狭い道をすすみ、四つ目垣《よめがき》に囲まれた瀟洒《しょうしゃ》な平屋のまえで足をとめた。

開けはなちの簀戸門《すどもん》を潜りぬけ、勝手知ったる者の足取りで庭へまわる。

新緑に彩《いろど》られた広い庭には細長い棚がいくつも列をなし、大小の鉢植えがずらりと並べられていた。

躑躅《つつじ》の赤がめだつ。自生の躑躅は終わりかけているものの、鉢物はまだ元気そうだ。紫色は蘭《らん》、白は百合《ゆり》、真紅の牡丹《ぼたん》は花弁を散らし、薄桃色の芍薬《しゃくやく》は満開にちかい。紫陽花《あじさい》、花菖蒲《はなしょうぶ》、朝顔などはこれからだ。香気を放っているのは庭の片隅に植えられた泰山木《たいざんぼく》であろうか、大輪の白い花をまばらに咲かせている。

白髪の半兵衛は庭下駄《にわげた》を履《は》き、丹念に水遣りをしているところだった。

親子ほども年の離れた女房のおつやが、縁側の日だまりに膝をくずし、水遣りの様子を見るともなしに眺めている。

半兵衛は数年前、苦楽をともにした伴侶《はんりょ》に先立たれた。

おつやは二番目の妻女で、千住《せんじゅ》の宿場女郎だったところを見初《みそ》められた。目が糸のように細く、けっして美人とはいえないが、気性は穏やかで優しい。半兵衛の望むことは一から十までわかってしまうので、ふたりのあいだに言葉は必要なかった。

縁側には酒肴《しゅこう》が用意され、平皿には独活《うど》と躑躅の花弁が盛ってある。躑躅の赤に独活の白、鮮やかな色彩が目を楽しませてくれた。

躑躅には「食い花」の異名がある。

赤い花弁を食うおつやの仕種《しぐさ》が、妙に艶めいてみえた。

三左衛門は盆栽を抱えたまま、庭の端に突ったっていた。

ふたりの得難い領域に土足で踏みこむような気がして、できることなら踵《きびす》を返したかった。

しかし、おつやに気づかれてしまった。

ぎこちなく会釈をすると、おつやは三つ指をついてお辞儀をし、勝手場へ消えてゆく。

「よう来たな」

半兵衛が水遣りの手をとめずに、背中で喋りかけてきた。

「そろそろ来るころとおもうておったぞ」

「ほう、なぜです」

「理由なぞない。梅雨入りまえに顔をみせるとおもうただけじゃ」

半兵衛は皺首をねじり、にっと入れ歯を剥いた。

無造作に躑躅の花を手折り、こちらへ差しだす。

「食うか」

「はあ」

「ふっ、やめておけ」

「誘っておいてそれはないでしょう」

「これは蓮華《れんげ》躑躅じゃ。食えば脳味噌が痺れ、足はふらつく。莫迦な山羊《やぎ》なぞがよく引っかかるのよ、くくく」

「わたしは山羊ですか」

「山羊のほうがましじゃろうな。ふっ、ちょっと見はおなじに見える可憐な花でも、毒をふくんでおることがままある。おなごもいっしょじゃ。不器用なおぬしに教訓を垂れてやったまでよ」

「余計なお世話ですな」

「さようか。なれば死ぬまで、おまつどのの尻に敷かれておるがよい。くふふ、まあ、それもおぬしのような不器用者には似つかわしい生きざまかもしれぬ」

半兵衛は言いたいことを喋りきると、すっきりした顔で下駄を鳴らし、三左衛門を縁側へ招じいれた。

そこへ、おつやが新たな酒肴を携えてあらわれる。

半兵衛は塗りの盃に、冷えた諸白《もろはく》をなみなみと注いでくれた。

「まずは一献《いっこん》」

「は、どうも」

盃をあけ、ふうっと息を吐いたところで、ようやく半兵衛の目が盆栽にとまった。

「ほう、錦松か」

「いかがでしょう」

「ふむ、丈は二尺余り、根張り、立ちあがり、枝振りとも申し分ない。幹の隆《りゅう》とした反り加減、表面が矢羽《やばね》のごとく割れておる様なぞは味があるな。樹齢は百二十年といったところか」

「ひゃっ、百二十年」

「さよう、赤穂浪士《あこうろうし》の討ち入りがあったころから生きつづけておる勘定になるな。持ち主が我が子同様に慈《いつく》しみ、ここまでの盆栽に育てあげたのじゃ。しかも一代ではない。二代か三代か、ご先祖様からたいせつに受け継がれた家宝じゃな……ふん、どうした、顔が阿呆《あほう》になっておるぞ」

「阿呆にもなります」

「どうやって手に入れた。盗んだのか」

「何を仰《おつしや》いますやら。頂戴《ちようだい》したのですよ」

三左衛門は、合羽屋を助けた経緯《いきさつ》をかいつまんで説明した。

「ふうん、丁稚小僧から一朱で買った役者傘が錦松にばけよったか。まるで、藁《わら》しべ長者のようなはなしじゃな。もっとも、おぬしの場合は途中をぜんぶ飛ばして長者になりよった」

「長者とはどういうことです」

「察しの悪い男よ。この盆栽、売れば最低でも百両にはなる」

「な」

「顎をはずしたな。ふん、貧乏人はこれだから困る……おつや、おつや」

半兵衛は唐突《とうとつ》に、おつやを呼びつけた。

「よいか、酒屋に上等な下り酒を三升ばかり注文してこい。それから広小路の仕出屋から料理をな、旬《しゆん》の魚をふんだんに入れたやつじゃ、そいつをもってこさせろ。それから甘いものも欲しいな、茶菓子じゃ、ほれ、御用達《ごようたし》の大久保《おおくぼ》何とか」

「日本橋本銀町《ほんしろがねちょう》の大久保主水《もんと》でございますか」

「おお、そうじゃ。酒屋の小僧に駄賃を渡し、練り羊羹《ようかん》を十ばかし買うてこさせろ」

「はい」

立ちさろうとするおつやの裾をつかみかけ、三左衛門は這いつくばった。

「ま、待ってくだされ、おつやどの」

半兵衛が呵々《かか》と笑《わら》って覗きこんでくる。

「どうした、盆栽を売る気はないのか」

「何を莫迦な。合羽屋に返しますよ」

「ふん、素直に貰っておけばよいものを。しかし、妙なはなしよ。合羽屋もこの盆栽さえ売れば、借金の肩代わりはできるじゃろうに。なぜ、そうせぬのか」

「先祖代々のお宝だからでしょう」

「それを惜しげもなくくれて寄こすとはな。おぬしに助けてもらったことがよほど嬉しかったのであろうよ……ん、そうじゃ、今日は二十と八日じゃな」

「はあ」

「ちと、つきあえ」

半兵衛は返事も待たずに立ちあがり、おつやに縞《しま》の羽織をもってこさせた。行き先も告げずに家を飛びだし、矍鑠《かくしやく》とした足取りで下谷広小路まで歩をすすめると、辻駕籠を一挺《いっちょう》だけ拾った。

「わしは年寄りじゃから駕籠で行く。おぬしはどうする、徒歩《かち》か、ふむ、そのほうがよかろう」

勝手に決めつけられ、駕籠に乗りそこねた。

「どこに行かれるのです」

「そう遠くはない。黙ってついてくるがよい」

渋々ながら頷《うなず》くと、辻駕籠は疾風《はやて》のように奔《はし》りだした。

和泉橋から神田川を渡り、柳原土手《やなぎわらどて》に沿って両国《りょうごく》へむかう。

下谷から両国の広小路までは、駕籠に乗れば何ほどの道程でもないが、素人《しろうと》が股立《ももだ》ちを取って駈けるには辛すぎる。

大橋《おおはし》のたもとへ達するころには息があがり、全身汗だくになってしまった。

「意地悪爺め」

悪態を吐《つ》いても後の祭り、駕籠は広小路からさらに南へむかい、薬研堀不動《やげんぼりふどう》の手前でようやくとまった。

「おう、ここじゃ。財布を忘れてしもうた。おぬし、酒手《さかて》を払っておいてくれ」

「な、何を申されます」

「一朱じゃ、一朱。安いもんじゃろうが」

鉢物でさんざ稼いでおきながら、半兵衛にはけちなところがある。

三左衛門の懐中から、またも、なけなしの一朱金が逃げていった。

「さあ、まいろう」

境内では毎月二十八日、植木市が開催される。

かなり規模の大きなもので、一般客に混じって江戸じゅうの好事家《こうずか》も足を運んだ。

すでに日没も間近、露店の軒にぶらさがった提灯《ちょうちん》に火が入ってゆく。

夜店は夏の風物詩だが、薬研堀不動の境内《けいだい》には冬でも夜店が立った。

しかも、広小路にあるような食べ物屋や見世物小屋は一軒も見当たらず、すべてが植木をあつかった店だ。そのなかには、盆栽だけを売る店も多い。

「ここに来れば盆栽を見る目が養われるのよ」

「それで、わざわざ」

「文句でもあるのか」

「いいえ」

三左衛門は仏頂面《ぶっちょうづら》で応じ、鉢植えの並んだ露店を眺めてまわった。

それはそれで面白いものであったが、得々として喋りつづける半兵衛の蘊蓄は聞きながした。

やがて日も落ち、不動尊の鬱蒼《うっそう》とした杉木立は闇にとりつつまれた。白く浮かびあがった参道は川となり、夜店の灯りは送り火のように点々とつらなってゆく。闇に蠢《うごめ》く人影は妖しげな輪郭を帯びはじめ、香具師《やし》の口上やあらゆる喧噪《けんそう》は風音に掻きけされてしまう。

半兵衛はかたわらにおらず、奥の院から赤ん坊の泣き声が聞こえてきた。

そして、泣き声にかぶさるように、物寂しげな女の声が飛びこんでくる。

「落ちゃないか、落ちゃないか……どうか、髪を分けてくださりませぬか」

音無川の汀で聞いた掠れた声にまちがいない。

半月近く経っても、耳の底に張りついてはなれない声だ。

薬研堀不動は関東三十六不動のひとつ、二十一番目の霊場である。

御本尊は元来、紀州《きしゅう》根来寺《ねごろじ》に安置されてあった不動明王像という。考えてみれば、音無川という名も八代将軍吉宗《よしむね》が故郷の紀州に想いを馳せ、熊野本宮《くまのほんぐう》の神域に横たわる神聖な川から採った名だった。

落買いの女は巡礼のごとく、不動尊から不動尊へ渡りあるいているのだろうか。

だとすれば、いったい何のために。その理由が知りたいとおもった。

三左衛門は因縁《いんねん》めいたものを感じながら、参道の中央に佇んでいる。

「おい、何をぼさっとしておるのじゃ」

前方を歩む半兵衛に、叱りつけられた。

女の声は消え、植木市の喧噪が甦《よみがえ》ってきた。

落買いのことを語って聞かせると、半兵衛は音無川について興味深いはなしを教えてくれた。

熊野の本宮をめざす行者は神の坐《まし》す鬱蒼たる杉林を駈けぬけ、清流の落ちあう中洲《なかす》の手前へたどりつく。中洲とのあいだに横たわる音無川は穢《けが》れを浄《きよ》める垢離場にほかならず、神域へ達するには冷たい流れに身を投じ、精進潔斎《しょうじんけっさい》して川を渡らねばならない。

清少納言《せいしょうなごん》の父清原元輔《きよはらのもとすけ》は、艱難辛苦《かんなんしんく》のすえに祈りの道をたどったひとりの女性《にょしょう》が本宮への参拝を拒まれ、音無川の此岸《しがん》から泣く泣く引きかえさねばならぬ哀しい情景を詠《よ》んだ。

「音なしの川のながれは浅けれど、つみの深きにえこそわたらね。おぬしのはなしを聞いておったら、どうしたわけか、その歌がぽっと浮かんできたのさ」

半兵衛は霜《しも》の降る鬢《びん》を掻き、じっと暗闇を凝視めた。

「落買いの女は犯した罪の深さゆえに、浅瀬を渡ることを許されなんだ。たとえ、行く手に祈りを捧げる御堂があったとしても、罪深き身に参拝は許されぬ。ゆえに、女は神仏に許しを請いながら、永遠に巡礼をつづけるしかないのじゃろうて」

――トキョキョ、トキョトキョ。

突如、林の奥で鳥が啼《な》いた。

「不吉な。死出《しで》を告げる不如帰《ほととぎす》の夜啼きじゃ」

半兵衛は吐きすて、皺顔をしかめてみせる。

女の犯した罪とは、いったい、どのようなものであったのか。

三左衛門はみずからの罪と重ねあわせ、熊野へ分けいったいにしえの女と落買いの女の影を重ねあわせた。

五

三左衛門は長屋へもどり、半兵衛に聞いた盆栽の値段を教えてやった。

おまつは驚き、喜んだのもつかのま、さっそく今夜にでも盆栽を返しにゆこうと相談はまとまった。

しかし、そのまえに聞いておきたいことがある。

「落ちゃないか、落ちゃないか……落買いの声をまた聞いたぞ」

「え、おふじだったのかい」

「おそらくな、艶のある掠れた声だった。一度あることは二度、そう言ったろう」

薬研堀不動での出来事をはなすと、おまつはじっと考えこんだ。

「やっぱりお不動さんか。じつはね、おふじの実家があった桶町二丁目の裏手にも小さなお不動さんがあったんだよ。朽ちかけた祠の陰で、おふじは好いた相手と逢《あ》い引《び》きをかさねていたんだ」

「ほう」

好いた相手とは、十も年のはなれた番頭だった。

「自分の店の番頭か」

「そうさ」

「たしか、実家は味噌屋だったな」

「玉田屋《たまだや》っていう金山寺《きんざんじ》味噌をあつかう大店でね」

「嘗《な》め味噌の金山寺といえば、出自《しゅつじ》は紀州か」

「そうだよ。おふじは江戸育ちだけど、双親《ふたおや》の生まれは紀州だから、あの娘、自分には故郷があるんだよっていつも自慢してた。そういえば、音無川も紀州の川だね」

落買いの女がおふじである公算は、これでますます大きくなった。

「番頭とは添《そ》いとげたのか」

「とんでもない。わたしはおふじに言ってやったんだ。騙《だま》されているんだから、やめておきなって。お節介焼きでも何でもない。だって、番頭の辰造《たつぞう》には女房子供があったんだよ」

おふじは道ならぬ恋に落ちてしまった。

どことなく、おすずといっしょに観た人形浄瑠璃の筋に似ている。

年のはなれた男女が八方塞《はっぽうふさ》がりの恋に落ち、仕舞いには手と手を取りあって桂川に入水《じゅすい》するしかなくなるのだ。

「さだまりごととあきらめて、いっしょに死んでくだしゃんせ」

「おまえさん、何だいそれは」

「桂川連理柵《れんりのしがらみ》。十四のお半が好いた男に吐いた台詞だ」

「ふうん、でもね、わたしに言わせりゃ、辰造って男はかなりの悪党さ。いいや、かなりなんてものじゃない。あのとき、辰造は四十一の前厄《まえやく》だった。あの男はまわりの人間すべてを不幸に陥《おとしい》れたんだよ」

辰造はおふじを妊娠させた。それとわかった途端に態度が冷たくなり、別れ話をもちかけてきたという。

辰造は妻子のみならず、自分を番頭にしてくれた主人をも二重に裏切っていた。人の道に悖《もと》る不逞《ふてい》な行為が世間に知られてしまえば、白い目でみられる程度のはなしでは済まされない。町奉行所の役人に縄を打たれ、厳罰に処せられるのは目に見えている。

それだけに、何とか別れようと必死になったが、おふじは首を縦に振らなかった。

「おふじを責めるのは酷《こく》ってものさ。だいいち、あの娘にとってははじめての恋だったのだもの」

　不幸は不幸を呼んだ。

　梅雨入りまえのちょうど今頃の季節、田植えもすっかり済んだころ、玉田屋の蔵から千両箱がごっそり盗まれた。

　被害は数千両におよび、それが原因《もと》でふた月後、玉田屋は潰れてしまった。

　おふじの両親は天井の梁《はり》に一本の帯を引っかけ、端と端に輪をつくって首を縊《くく》ったのだ。

「釣瓶心中《つるべしんじゅう》だよ。おふじのおとっつぁんは粋《いき》なおひとでね、おっかさんは優しくて美人だった。知りあいはみんな嘆いたものさ、何も死ぬことはなかっただろうにってね」

　葬儀の場に一人娘のおふじと辰造のすがたはなかった。蔵が荒らされた晩から、ふたりは行方知れずになっていた。

「じつの娘が元番頭にそそのかされて店の金を盗ませ、双親を死に追いやったなんぞと、根も葉もない噂が立ってね」

　じつは、おまつの境遇も似ていた。

　呉服町に店を構えていた実家の上州屋《じょうしゅうや》は蔵荒らしに遭い、大金を盗まれた。

それが原因で店は潰れ、両親は心身ともに衰弱し、亡くなってしまったのだ。

おまつは上州屋の取引先でもある紺屋《こうや》に嫁ぎ、娘のおすずをもうけていた。が、浮気性の旦那に愛想を尽かして離縁状を書かせ、盗人騒ぎの直後に出戻ってきた。床に臥《ふ》せた両親の看病に専念しはじめたころ、上州屋から恩義を受けていた三左衛門と出逢ったのである。

上州屋も玉田屋も今はない。

ただ、おまつの実家は番頭に裏切られたのでもなければ、両親が釣瓶心中をやったわけでもなかった。悲惨さにおいては、おふじのほうが遥《はる》かにうえをゆく。

「わたしは噂なんぞ信じない。おふじは気性の優しい娘だ。双親を破滅に追いこむような真似はぜったいにしない、できる娘ではないもの」

ならばなぜ、蔵を荒らされた晩に行方をくらましたのか。

やはり、何らかの罪を犯したにちがいない。犯した罪の深さゆえに仏門へ帰依《きえ》することも許されず、この世の闇を流浪しつづけねばならなかったのだ。

うらぶれたあの恰好《かっこう》をみれば、行方知れずになったあとの苦労が偲《しの》ばれる。正直、生きていられたのが不思議なほどだ。

半兵衛に教わった清原元輔の歌が、耳に甦ってきた。

——音なしの川のながれは浅けれど、つみの深きにえこそわたらね。

おふじの犯した罪とは、いったい何だったのか。

何を支えに、今日まで生きつづけてこられたのだろうか。

「おまえさん、ともかく、盆栽を返してきてちょうだいな」

「ふむ」

三左衛門は下谷まで携えた錦松を抱え、裏木戸を抜けた。

亥ノ刻まではまだ半刻（一時間）余りあるが、露地裏に人影はなかった。

蠟燭《ろうそく》も油も値が張るので、行灯《あんどん》の光が洩れている部屋は少ない。

眠ったような月影が、わずかに足もとを照らしている。

喜兵衛店はすぐそこだ。

木戸番の脇に積まれた天水桶《てんすいおけ》の手前で、三左衛門は足をとめた。

人がいる。

「誰だ」

「ふっ、おぬしが十分一屋のヒモか。想像したより年を食っておるな」

ゆらりとあらわれた男は、頬の瘦けた浪人者だった。

物腰から推《お》すと、かなりできる。

「五両一の用心棒か」

「察しが良いな。わしは鵜殿新兵衛《うどのしんべえ》、おぬしは」

「浅間三左衛門だが、なぜ、姓名を聞く」

「名無しの権兵衛《ごんべえ》を斬りたくないのでな」

「脅しか」

「合羽屋から手を引け。さもなくば、おぬしを斬らねばならぬ」

鵜殿は乾いた眼差しをむけてくる。

冷たい狂気を秘めた人斬りの目だ。

「ところで、腕に抱えておるのは何だ」

「みてのとおり、盆栽だよ」

「見事な枝振りではないか」

「詳しいのか」

「たしなむ程度さ」

困った。盆栽の価値を知る者が相手ではやりにくい。

「ひょっとして、それは合羽屋の盆栽か」

「だとしたら、どうする」

「なるほど、清六の口走ったお宝かもしれん」

「清六とは合羽屋の義弟か」

「ああ、すべての元凶さ。もっとも、わしにとっては儲《もう》けの種だがな」

「清六をみつけたのか」

「みつけたさ。縛りあげ、責め苦を与えたら、合羽屋がお宝を隠していると口走った。それは何かと糺したところ、苦痛に耐えかねて舌を嚙《か》みおった」

「なんだと」

「ふっ、死んで借金だけがのこったというわけだ。どれ、ほほう、それだけの錦松なら、借金を返してもらったうえに、釣りが出そうだな」

「釣りはおぬしの懐中へはいるのか」

「ま、そういうことだ。さあ、盆栽を渡してもらおうか」

「渡せぬと言ったら」

「命を貰う、すりゃ……っ」

鶉殿は出し抜けに本身を鞘走らせ、下段から軒を削る勢いで薙《な》ぎあげた。

三左衛門は素早く反転し、抱えた鉢を地面に置いた。

すかさず、上段の一撃が襲いかかる。

「ぬっ」

三左衛門は詮方なく抜きはなち、頭上で相手の白刃を弾いてみせた。

臙脂《えんじ》の火花が散り、鵜殿は弾かれた勢いのまま、後方へ飛び退いた。

片膝を折り敷いた三左衛門の右手には、艶《なま》やかな濤瀾《とうらん》刃《ば》の浮かぶ業物《わざもの》が握られている。蒼白く光る本身は妖気すら放っていた。

が、あくまでもそれは、一尺四寸にも満たぬ脇差であった。

「小太刀をつかうとはな。危ういところであったわ。おぬしがそこまでの相手とはおもわなんだ」

鵜殿は間合いから抜け、白刃を静かに納めた。

「やめたのか」

「今夜のところはな。いずれ、勝負をつける日も来よう」

「ひとつ、訊いておきたい」

「なんだ」

「山寺屋はわしの首にいくら払う」

「三両」

「たった三両か」

「安心いたせ。おぬしの力量を知れば、首の価値もあがる」

「なるほど、それで日をあらためようというわけか」

「さよう。おぬしの力量なら、まず十両の値はつく」

「けっ、増えても十両かい」

「人の値打ちなぞ、そんなものさ」

「罪無き者を斬って対価を得る。おぬしは外道《げどう》だな」

「何とでも言え。死んでゆくおぬしにはわるいが、わしはちと楽をしたいのよ」

「生きていて厭にならぬか」

「なるさ。それでも、生きねばならぬのが人生よ……ふっ、さればな、首を洗って待っておれ」

鵜殿新兵衛は寂しげに微笑み、闇の狭間《はざま》に消えていった。

人斬りの外道であるはずの男が、妙に近しく感じられる。

「わからぬ、なぜであろう」

三左衛門は首をひねり、盆栽を抱えあげると、喜兵衛店の裏木戸をくぐりぬけた。

六

夜の闇がもっとも濃い丑《うし》ノ刻（午前二時）、三左衛門は油障子を敲《たた》く音に起こされた。

眠い目を擦って応対に出てみると、錦松の盆栽を抱えた合羽屋の善治郎が立っている。

「夜分遅くに……も、申し訳ごぜえやせん。やっぱし……こ、こいつは貰っていただかねえと」

蒼白な顔でがたがた震え、敷居のむこうで何度もお辞儀をする。

おまつとおすずも、かいまきを纏ったまま起きてきた。

「合羽屋さんじゃないか。いったい、どうしたっていうんだい」

「おかみさん、じつは義弟が……せ、清六のやつが冷たくなっちまって」

「え」

小半刻ほどまえ、戸口にどさりと音がしたので出てみると、筵《むしろ》にくるまった亡《なき》骸《がら》が捨ててあったという。

「なんだって」

「おおかた、五両一の連中に嬲《なぶ》り殺されたんでしょう」

善治郎は騒ぎが大きくなるのを怖れ、遺骸を部屋へ運びこんだ。おみねと松吉が全身を洗い浄めて晒布《さらしぬの》を巻き、善治郎の浴衣《ゆかた》を着せて褥《しとね》に寝かせたらしい。

「青痣《あおあざ》がいくつもありやした。それに、舌を嚙みきった痕もあった。きっと責め苦に耐えきれなかったんだ」

「可哀相《かわいそう》に」

「他人様は自業自得と仰るかもしれやせんが、清六のやつが哀れでなりやせん」

おまつは、膝のうえで手拭いを握った。

「おかみさんは平気かい」

「今のところは何とか」

気丈に振るまっているものの、じつの弟を亡くしただけに感情が高ぶって妙なことにならねばよいがと、善治郎は案じてみせる。

三左衛門は腕組みをし、深々と溜息を吐いた。

「やつら、ずいぶん手荒な手段に出たな」

余計な心配をさせたくないので、用心棒のことは善治郎にもおまつにも黙っていた。

が、こうした事態になれば、隠しておくわけにもいかない。

鵜殿新兵衛が侮《あなど》れない相手であることを告げ、三左衛門は解決手段はひとつしかないと断じた。

「盆栽を売って借金を返すしかあるまい。売れば百両はくだらぬ代物だ」

「そいつはできねえ」

善治郎は首を振り、頑《かたくな》に拒もうとする。

「口惜しいのはわかる。なにせ、赤穂浪士の討ち入りを見聞したかもしれぬ松だからな。先祖伝来のお宝を売るのはしのびなかろう。が、この際、背に腹はかえられまい」

「ちがうんでさあ」

「何がちがう」

「先祖伝来のお宝なら、手放しても惜しくはありやせん。けど、こいつはちがうんです、拾ったものなんで」

「な、拾っただと」

「はい、拾ったものを売ったら罰が当たりやす。知りあいの筮竹占《ぜいちくうらな》いも運《ツキ》が落ちると言いやした。でも、他人様に貰ってもらうぶんにゃ運は落ちねえそうです。それどころか、貰っていただいたお方にも運がめぐってくるそうで」

「なるほど、何度も寄こそうとするのは、そうした理由からか」

「事情も告げずに、申し訳ありやせんでした」

「しかしなあ、せっかく金の成る木があるというに」

「こいつは松吉といっしょに拾ったんでさあ。あたしら夫婦は子供が欲しくてもできなかった。どうしてもあきらめきれず、お不動さんにお頼み申しあげたら、あの子を授かったんです」

不動尊を祀った御堂は松葉が時雨と降る岡にあると聞き、三左衛門もおまつも生唾を呑んだ。

「松吉は御堂のなかに捨てられておりやした。いいや、捨てられていたってよりも、拾われるのを待っていたっていうんですかね。真っ白な産着《うぶぎ》を着せてもらい、幸福そうな顔ですやすや眠っておりやした」

錦松の盆栽は御堂の隅に置かれていた。書き置きが一枚添えてあり、女の筆跡で「半刻経ったら迎えにまいります。どうか、くれぐれもよろしくお願い申しあげます」と、謎掛けのような文言《もんごん》が記されてあったという。

「母親でしょう、墨が涙で滲《にじ》んでおりやしたから。あたしら夫婦は悩みやした。

あの子を返そうか返すまいか、せっかく授かった赤ん坊を手放してなるものかと、そんなふうにおもったりもして。でも、頭を冷やして考えてみりゃ、やっぱし、いけねえことだ。御堂へ戻さねば人の道に外れる、きっと罰が当たるにちげえねえ。そうおもい、いったんは離れた御堂へ赤ん坊を抱いて戻ったのでございやす」

三左衛門はさきほどから、咽喉《のど》の渇きをおぼえている。

おまつは膝を震わせ、目を飛びださんばかりに瞠《みは》っていた。

善治郎はそれと気づかず、土間に立ったまま淡々とつづけた。

「日没まで待ちやした。ところが、ついに母親はすがたをみせなかった。つぎの日も、そのまたつぎの日も、おみねと交替でお不動さんへ通いやした。でもやっぱり、母親はすがたをみせず、あたしらはあの子を自分たちの子として育てることにきめたんです」

おまつがたまらず、声を掛けた。

「善治郎さん、おまえさんたちご夫婦は良いことをしたね」

「そうでしょうか。松吉を捨てた母親はきっとどこかで生きていて、後悔しているにちげえねえ、あっしにゃそんなふうにおもえてならねえんです。時折、母親が夢に出てくるんでさあ。へへ、なかなかの美人でね、松吉を返してほしいって泣いてたのむんですよ……ちきしょう、罪なことをしちまったから、そんな夢をみるんだ」

「そうじゃない。おまえさんたちは松吉をあそこまで立派に育てあげたじゃないか、胸を張っていいんだよ」

おまつは目頭を押さえ、胸の裡《うち》からことばを搾りだした。

おそらく、おふじのことを脳裏《のうり》に浮かべているのだろう。

おふじは辰造の子を孕《はら》んでいた。無事に子を産み、何らかの事情で捨てたのだとすれば、辻褄《つじつま》はあう。

だが、この世知辛い時世下、捨て子ならばいくらでもいる。

松吉がおふじの捨てた赤子とはかぎらないのだ。

おふじの子であってほしい気持ちと、そうでなければよいのにという気持ちが半々にあった。

いずれにしても、因縁めいたものを感じざるを得ない。

「松吉は今時分の季節が嫌いだそうです。御堂に松葉の散る風景を憶えているのですよ。けっして、あたしらが教えたわけじゃありやせん。背に音無川の流れる時雨岡で赤子の自分が捨てられたときのことを、あの子はしっかり憶えているんです。旦那さん、どうか、この錦松を貰ってやってくだせえ。あっしの部屋に置いておけば、いずれ悪党どもに奪われちまう。そうなりゃ、あたしらの運も尽きちまう。そんな気がしてならねえんです」

「おぬし、五十両もの借金をどうする気だ」

「なあに、こつこつ働いて返しやすよ。合羽職の意地に掛けて、何年経ってもかならず返しやすからと、山寺屋のご主人に頼んでみるつもりでさあ」

善治郎は黄色い歯を剝いて笑い、重い足取りで去っていった。

三和土《たたき》に残された盆栽を眺め、おまつは溜息を吐いた。

「あっちに行ったり、こっちに来たり、可哀相な盆栽だよ」

「まったくだな」

「おまえさん、どうおもう」

「何が」

「松吉のことさ。おふじの捨てた子なんだろうか」

「かもしれんが、わからぬのは書き置きの文言だ。半刻経ったら迎えにくる。だったら最初から捨てなきゃいい」

「それなんだけど、おもいあたることがあるんだよ。四十二のふたつ子は育たないって諺《ことわざ》はご存知かい」

「ふむ、聞いたことがあるな」

父親が四十一のときに生まれた子、つまり、本厄でふたつになる子は育たないという迷信はたしかにある。

「親の厄を子が背負いこむのさ。だから、厄払いのために子をいったん捨て、あらかじめ打ち合わせておいた人に拾ってもらうんだよ」

「おふじの好いた番頭は、たしか厄年だったな」

「やっぱり、松吉はおふじの子なんだよ。厄払いのためにいったん捨てられ、頼んでいた知りあいじゃなくて、たまさか御堂を訪れた合羽屋の夫婦に拾われちまったのさ。うん、きっとそうにちがいない」

おまつの描いた筋書きどおりだとしても、おふじが半刻後にあらわれなかったことと、錦松の盆栽が置いてあったことへの疑問はのこる。

「おふじは捨てた子に未練があるんだよ。だから、江戸じゅうのお不動さんを巡り、松吉の行方を捜しているのさ」

「おまつよ、ひょっとして母と子を再会させたいのか」

「いけないかい。こうなりゃ、一刻も早くおふじを捜しださなくちゃ」

「ちょっと待て、そう簡単なはなしではないぞ。なにせ、十二年は長い」

「おふじは赤ん坊を捨てたんじゃない。厄落としのためにお不動さんへ預けたんだ。おふじも松吉も、きっと再会したいと願っているはずさ」

「勝手に想像を膨らましおって……だいいち、善治郎とおみねの気持ちはどうなる」

「わかっている。松吉を拾って育ててくれた恩義は重い」

「だったら、そっとしといてやれ。他人が踏みこむことじゃない」

おまつは口を噤《つぐ》み、涙ぐんでしまう。

三左衛門は、項垂れるおまつの肩にそっと手を置いた。

「ま、再会させるかどうかは別にして、おふじは捜しださねばなるまい。なにせ、訊きたいことが山ほどある」

「おまえさん」

おまつの顔に、ぱっと朱が射した。

「そうだ、夕月楼《ゆうづきろう》の金兵衛《きんべえ》に相談してみよう。若い者を走らせ、江戸じゅうの不動尊を当たらせればよい。なあに、すぐにみつかるさ」

「五両一のほうはどうするの」

「さあて、どうするかな」

「八尾の旦那に相談してみてはどうだろう。だって、山寺屋は貸金に法外な利息をのっけているんだよ。阿漕な連中をお縄にするのが町奉行所のお役目じゃないか」

「阿漕な高利貸しならいくらでもいる。合羽屋だけが泣いているわけではない」

「だって、おかみさんの弟はあんなふうにされたんだよ」

「どうせ証拠はあがらぬさ。今の段階で八尾さんを動かしたら、かえって迷惑が掛かる」

「それなら、おまえさんが解決しておあげな」

「どうやって」

「それを今から考えるんじゃないか」

おまつは、ぽつねんと残された盆栽に目を遣った。

「そいつを売っちまえば、借金は返せるのにね」

「まったくだ」

落ちついたら返すつもりなので、盆栽を勝手に売ることはできない。

ふたりで考えあぐねていると、いつのまにか空が白々と明けてきた。

七

三左衛門はほとんど睡眠もとらず、朝靄《あさもや》にけむる往来を歩み、下谷同朋町の半兵衛邸へむかった。万が一のことを考え、盆栽を預かってもらうことにしたのだ。

簀戸門をくぐって庭へまわると、半兵衛は房楊枝《ふさようじ》で舌の苔《こけ》を削っているところだった。

「何だ、おぬしか」

「お邪魔でしたか」

「いいや。ん、錦松をまた携えてきよったな」

「預かっていただこうとおもいまして」

昨夜からの経緯をかいつまんで説明すると、半兵衛は眸子をほそめた。

「じつはな、おぬしのもとへ、おつやを使いに出すところじゃった」

「火急のご用ですか」

「五両一のことさ。山寺屋辰五郎と申したな、そやつのことでちと思いだしたことがあってのう」

「何でしょう」

「急《せ》くな、まあ座れ。おつや、おつや」

半兵衛は奥からおつやを呼びつけ、酒肴の仕度をさせた。

「朝酒ですか」

「おう。朝寝、朝酒、朝湯、それが隠居の楽しみさ。かたわらに気心の知れたおなごがおればなおいい。ぐふふ、これ以上の贅沢《ぜいたく》はのぞめまい」

白髪の隠居は盃を干し、おもむろに喋りはじめた。

「十二年前、桶町二丁目の味噌屋が蔵荒らしに見舞われたと申したな。そのころ、わしはまだ風烈見廻りを務めておった。それから三年後、わしが隠居したあとのことじゃが、松葉小僧が捕まったという噂を聞いてのう」

「松葉小僧とは」

「大店ばかりを狙う土蔵荒しじゃ。狙った獲物はけっして外さんかった。妙な言いまわしじゃが、盗人の分をわきまえた男での、忍んだ蔵にどれだけ金が唸っておろうとも、盗み金は百両を超えたことがなかった」

しかも、足のつきやすい小判ではなく、丁銀《ちょうぎん》やら豆板銀《まめいたぎん》やらを盗んでゆく。

商売に支障《ししょう》をきたすほどの被害ではないので、盗まれたほうも大袈裟《おおげさ》なはなしにはしない。これこれしかじかと奉行所へ訴えでれば、盗まれたほうも落ち度があったとされ、お叱りなどのお咎めを受ける。ゆえに、百両ぽっちで面倒事に巻きこまれたくはないとおもうのだ。

「松葉小僧は商人の心理を巧みに見抜いておった。盗人ながら天晴《あっぱ》れな男と気に掛けておったのじゃが、捕まえてみると五十過ぎの屋根葺《やねふ》き職人でな、風采《ふうさい》のあがらぬ気の小さい男じゃった」

口書《くちが》きによれば、松葉小僧は九年間で五十件ちかくも盗みをはたらいていた。九割方は狙いどおりにいったものの、どうしても悔いの残る盗みが一件だけあったという。

「それが桶町の味噌屋、玉田屋の一件じゃ」

松葉小僧が盗んだのは不定形の銀貨で、金百両ぶんには満たなかった。ところが、そのときの盗みが原因で玉田屋は潰れ、主人夫婦は首を縊《くく》ったのだ。

「妙だなと感じた松葉小僧は、玉田屋の元番頭が行方知れずになったと聞いて合点がいったそうじゃ」

元番頭辰造の顔は下見のときに見知っており、行状まで調べてあった。辰造は博打にはまってかなりの借金を抱えており、五両一の手下どもに付きまとわれていたらしい。

「辰造が蔵荒らしに便乗し、ごっそりお宝を盗んだにちがいない。松葉小僧はそう考え、たいそう口惜しがった。さて、ここからが本題じゃ」

半兵衛は冷酒を盃に注ぎ、舌を濡らした。

松葉小僧は玉田屋の一件ののち、ほとぼりをさますべく上方《かみがた》へ逃げた。

そして、一年ほど経ったある日、偶然にも辰造を見掛けたのだという。

辰造は名を変え、大坂の天神橋《てんじんばし》のそばで金貸しをやっていた。

三左衛門は、ごくりと唾を呑みこんだ。

「ふっ、松葉小僧は疾《と》うのむかしに刑場の露《つゆ》と消えたがな、おぬしのはなしを聞いておるうちに、どうにも気に掛かったことがあってのう。なぜかと申すに、金貸しになった辰造は辰五郎と名乗っておったらしいのよ」

「なるほど、そこで山寺屋と繋がってくるわけですな」

「もそっと詳しいことが知りたいとおもうてな、当時の吟味方《ぎんみかた》に知りあいがおるもので、八丁堀《はっちょうぼり》まで出向いてみた」

「まことですか」

そこまでやってくれたことに感謝しながら、三左衛門は酒を呑み、肴を口にした。

肴は蓼《たで》の葉、味噌に付けて食うのだが、これがなかなか冷酒に合う。意識したのか偶然なのか、味噌は玉田屋のあつかっていた金山寺味噌であった。

「知りあいは隠居間近の古参同心じゃが、記憶のほうはしっかりしておった。松葉小僧のことも玉田屋の一件もようく憶えておってな。それどころか、大坂町奉行所へわざわざ申しおくりをおこない、天神橋の五両一を調べさせておった」

「みつかったのですか」

「松葉小僧が捕まったのは、やつが辰造を見掛けてから三年後のことでな、もはや、天神橋にそれらしき五両一はおらんかった」

「辰造は盗み金を元手に店を開いたのでしょう。ちなみに、屋号は何と」

「それよ、わしも屋号を知りたいとおもうたのじゃが、松葉小僧は土壇《どたん》に送られるまで肝心なことをおもいだせんかった」

「屋号をおもいだせぬまま、斬首されたわけですか」

「そうじゃ。ただし、八丁堀を訪ねたのは無駄ではなかったぞ」

古参同心によれば、松葉小僧は取調べに際して「芭蕉の詠んだ蟬《せみ》の句、そいつに関わりのある屋号だった気もするが、見当はつきやせんかねえ」と、逆《さか》しまに何度も糺してきたという。

「芭蕉の詠んだ蟬の句ですか」

「閑《しずか》さや岩にしみ入る蟬の声、洟垂れ小僧でも知っておる句じゃ」

「おくのほそみち、山形《やまがた》の立石寺《りっしゃくじ》で詠んだ一句ですな」

「立石寺の別名は」

「山寺……あっ」

「さよう、五両一の屋号は山寺だったのさ。こいつは辰造が洒落で付けた名じゃ、わかるか」

「いいえ」

「金山寺味噌の金山寺から金を除けば山寺になる」

「ははあ、たしかに」

「開き直ってみせることで罪を軽くできるとでもおもうたのか、玉田屋から金を盗んだのは自分だと、辰造は判じ物風に洒落てみせたのよ」

無論、誰ひとりとして気づく者などおるまいと高をくくってのことだろう。

江戸へ舞いもどって店を出してからも屋号を変えずにいるとは、太々《ふてぶて》しいにもほどがあるなと、三左衛門はおもった。

「それにつけても、因縁とは怖ろしいものよのう」

山寺屋辰五郎に脅されている合羽屋の子は、落買いに堕ちたおふじの捨てた赤ん坊にほぼまちがいなく、しかも、その松吉は辰五郎の子である公算が大きいのだ。

「輪廻《りんね》じゃな。運命《さだめ》というものは環《わ》になって繋がっておる」

三者はおたがいの素姓《すじょう》を知らぬまま、星が引きあうように近づきつつある。

天空から俯瞰《ふかん》する者がいて、十二年前の決着を促しているかのようだった。

「ただし、抛っておけば何事も起こらぬであろう。おぬしは環を繋ぐ役目を負っておるのじゃ」

「その役目、重すぎますな」

「やり方を誤れば、合羽屋の夫婦も松吉も、おふじとて深く傷つくことになろう。が、ともかくも、阿漕な五両一だけはどうにかせねばなるまい」

「さようですな」

「半四郎を呼ぶか。十二年前、玉田屋の一件で辰造は疑われ、たしか人相書にも描かれたはずじゃ。辰五郎が辰造だと証《あか》しが立てられれば、縄を打てるぞ」

もっとも、顔を変えているかもしれぬと、半兵衛は指摘する。

「なんと言っても、十二年前のはなしですからな。清六殺しについても確たる証拠がありません。おそらく、敵さんは巧みに逃れる手だてを考えておりましょう」

「半四郎を動かすのはまだ早いか。なれど、のんびりしてもおられまい」

「山寺屋に乗りこんでみます。辰五郎に会ってはなしだけでも聞いてみようかと」

「愚かな。はなしだけで済むはずがあるまい。鶏殿新兵衛とか申す用心棒、手強い相手のようではないか。本気で掛からねばやられるぞ」

「わかっております」

「それならよいがな。わしにはどうも、おぬしが中途半端にみえて仕方ないのよ」

「どういうことです」

「肚《はら》が据わっておらぬ。誰ひとり傷つけず、物事をきれいに片づけようとおもうておらぬか。世の中、そう甘いものではなかろう。斬るか斬られるか、五両一の敷居を跨《また》ぐ気ならば、覚悟を決めて掛からねばなるまいぞ。白刃に血を吸わせる気がないのなら、やめておけ」

「覚悟ならできておりますよ」

「死ぬ覚悟か」

「はい」

「よし、それならひとつ約束してつかわそう。おぬしが斬られたら、盆栽を金に換えてやる」

「助かります。その金で合羽屋を救ってやってくだされ」

「おぬしが死ねば、おまつどのは悲しむであろうなあ。わしはあのおなごが悲しむ顔をみたくはないのじゃ」

「縁起でもないことを」

三左衛門は盃を干し、蓼の葉に金山寺味噌を付けて食った。

ぴりっとした辛みが、口のなかいっぱいにひろがった。

八

夕餉《ゆうげ》も済んで一服ついたころ、夕月楼の金兵衛から使いがきた。

吉原《よしわら》の裏手でおふじを捜しあて、ともかくも楼へ連れてきたので、おまつともども柳橋まで足労《そくろう》願いたいとのことだった。

使いの若い衆によれば、おふじは三高寺《さんこうじ》正宝院《しょうほういん》の境内でみつかったらしい。三高寺は吉原の西にひろがる畑のただなかにあり、飛不動尊《とびふどうそん》で有名な札所にほかならなかった。

「おまえさん、どうしよう」

おまつはあれほど再会をのぞんだにもかかわらず、いざとなると腰が引けてしまっていた。

三左衛門も平静ではいられない。

再会が吉と出るか凶と出るか、おふじは腹を割ってくれるのかどうか。あるいは、十二年前の経緯をどこまで詳細に訊くことができるのか、期待と不安を半分ずつ抱きながら、夜店で賑わう両国広小路を横切ってゆく。

金兵衛は、柳橋でも一、二の人気を誇る茶屋の亭主であった。

三味線堀《しゃみせんぼり》で釣りをしているときに知りあい、ふたりとも「狂」がつくほどの投句好きだったことから交際が深まった。号は一刻藻股千《いっこくもまたせん》、三日寝ずに考えたというわりには情けない。

ちなみに、三左衛門の狂歌号は横川釜飯《よこかわかまめし》、こちらも情けなさでは張りあっている。ちかごろは柳橋界隈を歩んでいると、顔見知りの芸者に「釜飯の旦那」などと声を掛けられる。

夕月楼は大川《おおかわ》に面した二階建ての楼閣である。吉原へ繰りだす小舟が通過すると、川面に点々と映る軒提灯が帯となって揺らめいた。

「釜飯どの、それにおまつさん、ようおいでなされた」

満面の笑みで出迎えた金兵衛は恰幅《かっぷく》の良い五十男だが、髪を黒々と染めているので年よりもずいぶん若くみえる。

「おふじと申す落買い、連れてきたときは女願人坊主《おんながんにんぼうず》のごとき風体《ふうてい》で垢まみれにござったが、風呂に入れて薄化粧をさせ、色味の明るい着物を纏わせ、ついでに丸髷の鬘《かつら》をかぶせたところ、まあ、みちがえるようになりました」

「それはそれは、ご楼主さま、何から何まですみません」

「おまつさんのたっての願いと聞けば、骨惜しみしないわけにはまいりませぬ。されど、ちと心配です、昔馴染《むかしなじ》みのおまつさんが逢いたがっていると伝えても瞬《まばた》きひとつせず、連れてきて一刻余り、まだひとことも発しておらぬのですよ」

いたしかたあるまい。十二年という歳月はあまりに長い。行く道はそれぞれにちがっている。格別に仲の良い者同士であったならば、なおさら、落ちぶれたすがたをみられたくはなかろう。

おまつにも、おふじのおもいは重々わかっている。わかってはいるのだが、失われた歳月を何とか取りもどしてやりたい気持ちのほうが強かった。

「さ、ともかく二階へ」

大階段をあがり、二階の奥まった八帖間へ案内された。

襖を開けると、痩せた女が壁のほうをむいて正座していた。

着物の柄は紅白の市松模様《いちまつもよう》、随所に薄墨で描かれた藤の花が散らしてある。

「おふじちゃん」

微塵格子《みじんごうし》の普段着を纏ったおまつは、ここにきて肚が据わったのか、凜《りん》とした声で呼びかけた。

おふじは振りむこうともせず、死んだような目で壁を凝視めている。

時雨岡でみたときは髑髏を連想してしまったほどだが、それはない。

鬘をつけているせいか、横顔に妖艶《ようえん》さのなごりすら感じられた。

「おふじちゃん、無理に連れてこさせてごめんね。でも、こうするしかなかったんだよ」

おまつは襖のそばに正座し、彫像のように動かぬ相手に語りかけた。

「そのままでいいから聞いとくれ。これだけは言っておかなくちゃならない。十二年前、あんたが生んだ乳飲み子のことさ」

おふじの黒目が、わずかに動いた。

おまつは、ぐっと膝を乗りだした。

「番頭の辰造とのあいだにできた子なんだろう。あのとき、辰造は厄年だった。厄払いのために、おまえさんは泣く泣く赤子を手放した。ほんの半刻のことさ、でも、そいつが仇になった。たった半刻のせいで十二年ものあいだ地獄をみさせられた。そうなんだろう、ねえ、おふじちゃん、十二年経った今でも、あの子に逢いたいんだろう」

おふじの肩が小刻みに震え、かぼそい声が洩れた。

「そりゃ、逢いたいさ……あ、あの子が生きていてくれるんなら……逢いたいにきまっている」

「気をたしかにもって、ようく聞いとくれ。おまえさんの子は生きている、ちゃんとした方に育ててもらい、お店奉公へ出してもらったところだ。あんたによく似ているよ、気が優しくってね、芯《しん》の強そうな男の子さ」

おふじは我慢できなくなり、わっと泣きながら畳に俯《うつぶ》した。

すかさず、おまつは膝で躙《にじ》りより、痩せた肩に手を置いた。

「おぼえているかい。あたしは小さいころからお節介焼きだったろう。それが高じて今じゃ十分一屋になっちまった。他人様の縁を結ぶ手助けをしているんだ。時雨岡でおふじちゃんに逢えたのは、神仏のお導きだとおもっている。あたしゃね、円光寺で藤波を目にしたとき、行方知れずになったあんたのことを思いだしたのさ。御本尊様に会わせてくださいって祈った、そうしたらね、願いが通じたんだよ」

「おまっちゃん」

「ありがとう、やっと名を呼んでくれたね」

おまつは感極まり、おふじの肩を抱きよせた。

やがて、おふじはしっかりした口調で語りはじめた。

「おとっつぁんはあたしと辰造が恋仲だって知り、死ぬほど怒ってねえ。なにせ妻子持ちの使用人とくっついちまったんだから、仕方のないはなしなんだけど。おとっつぁんは世間体《せけんてい》を憚《はばか》って、すぐに辰造を首にした。それから、身重のあたしを奥座敷に押しこめ、他人様の目に触れないようにしたんだ」

不如帰《ほととぎす》の初音《はつね》が聞こえ、卯《う》の花が垣根を真っ白にしたころ、おふじは人知れず辰造の子を産みおとした。

「おとっつぁんもおっかさんも良い顔はしなかった。じつの娘と番頭のあいだにできた子と知れたら、玉田屋が世間の笑い者になると、おとっつぁんは言った。でも、あたしは子を手放さなかった。お乳だけはちゃんとあげていたんだ。見かねたおっかさんもおむつ換えだの何だの、そっと手伝ってくれてね」

半月ほど経ったある日、おふじは父親から赤ん坊の厄払いをしなくてはならないと告げられた。

「いくら気に食わないとはいえ、まさか、孫を捨てるとはおもってもみなかったよ。おとっつぁんは、まちがいない人物に拾わせるから、赤ん坊のことは心配するなと言った」

それでも心配なら、半刻のちに子を捨てた御堂へ行ってみればよい。赤ん坊が戻されているはずだとか、これは赤ん坊が健《すこ》やかに育つために神仏の与えたもうた試練だとか吹きこまれ、おふじは父親のことばを信じた。

命じられたとおり、石神井村の三宝寺まで出向き、まだ名も付けていない赤子を不動尊の御堂へ置き去りにしたのだ。

「捨てに行ったのは、石神井のお不動さんだったの」

「うん、ご先祖のお墓があるんだよ」

寺の名を冠された三宝寺池は音無川の水源、合羽屋夫婦が乳飲み子を拾ったのはおなじ音無川沿いでも時雨岡の不動尊だ。

半刻経っておふじが御堂へもどってみると、赤子のすがたは消えていた。父親の手で、御堂から御堂へ移されてしまったのである。

「親を信じたあたしが莫迦だった。おとっつぁんは神隠しにあったなどと出鱈目《でたらめ》を吐いたけど、最初から子を捨てるつもりで、あたしを騙したのさ」

赤子とは、そのときを境に別れ別れになってしまったと、おふじは項垂れる。不幸に拍車《はくしゃ》を掛けるかのごとく、数日後、玉田屋は蔵荒らしに見舞われた。ただし、本物の盗人である松葉小僧は百両ぶんにも満たない銀貨を盗んだにすぎず、一方、この機に便乗して蔵荒らしにおよんだ辰造は、玉田屋の身代がかたむくほどのお宝をごっそり盗んでいった。

「すべては我が子を捨てられたことへの恨み、だから、久しぶりに逢った辰造に駆け落ちしようと誘われたときは一も二もなく頷いた。子を無くしたことが哀しくって、自分が情けなくってねえ、やけっぱちになっていたんだよ」

辰造にまだ自分への恋情《おもい》がのこっていたことが、皮肉にも傷ついたおふじの心を癒《いや》したのだという。おふじは辰造が蔵荒らしをやったことも知らず、その日の晩に江戸を発《た》ち、誘われるがままに上方へ逃げた。

風の噂で玉田屋が潰れ、両親が首を縊ったと聞いたのは、江戸を捨てて半年ほど経ったあとのことだった。

そのころ、すでに、おふじは辰造に捨てられていた。

食うこともままならず、夜鷹《よたか》のまねごとをして身を売り、何とか路銀を貯めて江戸へ舞いもどってきた。舞いもどったところで、兄弟姉妹もあるでなし、身を寄せられそうな親類縁者もいない。せめて、三宝寺の墓に花を手向《たむ》け、両親の菩《ぼ》提《だい》を弔《とむら》いたいとおもった。

「ぜんぶ自分の蒔《ま》いた種さ。惚《ほ》れてはいけない男に惚れたばっかりに、みんなを不幸にしちまった」

「仕方ないさ。男の善し悪しなんて時が経ってみなけりゃわからないものだからね」

「何度も死んじまおうとおもったけど、死ねなかった。死のうとするたびに、あの子の泣き声が聞こえてきた。おっかさん、自分はちゃんと生きている、だから、捜しだしておくれってね、そんなふうに言われている気がしたんだ。生きてりゃきっと良いこともある、いつか子にめぐりあえる日も来るって、そう言ってくれるおひともあった。そのおひとの導きで、落買いをやらせてもらっているのさ。でもね、ほんとは怖かったんだ。どうせ死んでも極楽へは逝《い》けっこない、地獄の劫火《ごうか》に焼かれるにきまっている。それが怖くて死ねなかったんだよ……あたしゃ、とことん弱い人間さ」

「苦労しちまったんだね。でも、苦労が実を結ぶときが来たんだよ」

「おまっちゃん、やっぱり、あたしにゃ無理だ。あの子をみつけたい、逢いたい一念で生きてきたけれど、いざとなると膝が震えちまう。あの子に逢うのが怖いんだよ」

　事情はどうであれ、おふじは子捨てという禁忌《きんき》を犯した。

　そのために仏門へはいることも、仏を拝むことすらも許されなかった。誰に許されなかったというのではなく、むしろ、自分自身を罪の重さから解放できなかったのだ。

　落買いをやりながら不動尊を巡っているのは、罪滅ぼしのためでもある。

　おふじを許すことができるのは、唯一、捨てられた松吉だけだ。ふたりが再会できなければ、おふじは仏門にはいることもできず、永遠に此岸の縁を巡りつづけなければならない。

——音なしの川のながれは浅けれど、つみの深きにえこそわたらね。

三左衛門の耳にまた、清原元輔の歌が甦ってきた。

おまつは、みずからを鼓舞《こぶ》するように告げた。

「おふじちゃん、それなら、遠くからあの子を見ておやりな」

「え」

「松吉がどれほど立派に育ったか、母親ならその目で見てやらなくちゃいけないよ」

「あの子、松吉っていうのかい」

「そうだよ、合羽屋のご夫婦がつけてくだすった名さ」

おふじは目に涙を溜め、こっくり頷いた。

おまつは三左衛門のほうをふりむき、目配せしてみせる。

傷口に塩を塗りこむようなまねはしたくないが、喜兵衛店へ連れてゆくまえに、おふじにはどうしてもやってもらわねばならないことがあった。

蔵前の山寺屋までいっしょに出向き、阿漕な五両一が辰造であることを証明してほしいのだ。

おまつに目顔で急かされても、三左衛門は容易に言いだすことができない。

ただ、もどかしい時だけが過ぎていった。

九

辰造が江戸にいると聞いて、おふじは顔を強張《こわば》らせた。しかし、合羽屋夫婦が困っている事情を話して聞かせると、すぐに冷静さを取りもどし、あたしでお役に立てるならと、協力を申しでてくれた。

柳橋と蔵前は目と鼻のさきだが、三左衛門はおまつとおふじを連れ、わざわざ屋根舟に乗った。

「首尾《しゅび》の松に願掛けでもしていきましょ」

と、おまつが提案したのだ。

大川の岸に沿って、御米蔵《おこめぐら》の掘割に突きでた桟橋《さんばし》が櫛《くし》の歯状に一番から八番まで並んでいる。下流からみて五番目の桟橋に、有名な首尾の松は立っていた。

桟橋に灯る篝火《かがりび》に照らされ、鬱蒼とした枝影を大川へ投げかけている。

本来は吉原へむかう飄客が願掛けに祈る松だが、三左衛門の念頭には鵜殿新兵衛のことがあった。

最悪の場合は干戈《かんか》を交え、どちらかが死なねばなるまい。

半兵衛には「中途半端なやつ」と叱られるかもしれぬが、できれば刃を抜かずに解決させてほしいと首尾の松に願った。

広大な掘割を過ぎて黒船町《くろふねちょう》の船着場から陸《おか》にあがり、夜になると閑散とする蔵前大路を南へもどった。

蔵前と通称される町屋は南から御蔵前片倉町《おくらまえかたくらまち》、森田町《もりたちょう》、元旅籠町《もとはたごちょう》とつづき、扶持米《ふちまい》を担保に金を貸す札差《ふださし》の店が軒に並ぶ。

山寺屋辰五郎の店は元旅籠町二丁目の北端にあり、勧進相撲《かんじんずもう》が催される蔵前八幡《はちまん》を背にしていた。お上の鑑札《かんさつ》を堂々と掲げた札差ではなく、阿漕な高利貸しにすぎないので、裏通りに看板を出している。

おまつとおふじは次第に口数が減り、裏通りに踏みこむと貝のように口を閉ざしてしまった。

昼間でも女の歩くところではない。

危うい臭いがぷんぷんしてくる。

露地をうろつく怪しげな連中のなかには、月代と無精髭《ぶしょうひげ》を伸ばした浪人者もいた。腹を空かせた野良犬どもだ。当座の銭を借り、踏みたおすつもりなのだろうが、五両一で門前払いされたら、辻斬《つじぎ》りになるか辻強盗《つじごうとう》をはたらくしか生きる道はなくなる。

畜生道《ちくしょうどう》へ堕ちる者がかならず通る地獄の一丁目、薄暗い細道のどんつきに「山寺屋」の看板はひっそりと掲げられていた。

辰五郎と名を変えた主人の年は五十三、十余年も悪党暮らしをつづけていれば、味噌屋の番頭もずいぶん貫禄《かんろく》がついたことだろう。

「おまつ、おふじと外で待っていられるか」

「平気だよ、何かあったら大声を出すから」

「よし」

「がんばってね」

おまつは、三左衛門が白刃を抜くとはおもっていない。

話しあいでうまく決着できればいいと、安易に考えている節がある。

まんがいちのときは血をみる覚悟でおれと、釘を刺すつもりだったが、それならやめると言いかねないので、切りだすことができなかった。

三左衛門は意を決し、五両一の敷居を踏みこえた。

「ごめん」

暗がりにむかって声を掛けると、目つきの鋭い男が顔を出した。

仁助である。

「何の用でえ、食い詰め者に貸す金なんざねえ。もっとも、腰に業物を仕込んでいるってなら、はなしは別だがな」

「よし、こいつで五両ばかり貸してくれ」

三左衛門は脇差ではなく、大刀を鞘ごと抜いて差しだした。

そのとき、帳場と奥を仕切る板戸のむこうに人の気配が立った。

仁助はこちらの正体に気づかず、大刀を両手で受けとった。

「うえっ、何だこりゃ」

「軽いか、抜いてみろ」

言われたとおり、仁助は抜いてみせ、血走った眸子を剝いた。

「なんでえ、竹光じゃねえか」

刹那《せつな》、三左衛門が脇差を鞘走らせた。

閃光《せんこう》とともに、竹光がまっぷたつになった。

仁助は竹光を握ったまま、顎をがくがくさせた。

ぬっと、鼻面を近づけてやる。

「ようくみてみろ。この顔に見覚えがあろう」

「うへっ、十分一屋の」

「ヒモだよ。辰五郎を呼べ、さもないと鼻を殺《そ》ぐぞ」

「ひぇっ」

仁助に呼ばれるまでもなく、猪豚《いのぶた》なみに肥えた男が登場した。

肉厚の顔は右半分が焼けただれ、表皮が引きつっている。

霜のまじった髪は、てらてらと光っていた。

鬢付け油の強烈な臭いに、三左衛門は顔をしかめた。

「おぬしが辰五郎か」

「ああ、そうだ。自前の竹光を斬るたあ、面白え見世物じゃねえか。ただしな、その程度のことで五両一を脅せるとおもったら、おおまちがいだぜ」

「だったら勿体《もったい》ないことをした。竹光を削るのもけっこう骨が折れるのよ」

仁助は我に返り、ふたつになった竹光を土間へ抛りなげた。

「こ、この野郎、ざけんなよ」

強がってみせる仁助の襟首《えりくび》をつかみ、辰五郎はおもいきり引きよせた。

「おめえはすっこんでろ」

「へ」

無惨《むざん》に焼けただれた顔が、猪豚に凄味《すごみ》をあたえている。

過去を消しさるために自分でやったのだろうと想像はできたが、それにしても、味噌屋の番頭だった男とまったく想像もできないほどの変わりようだ。

「さあて、おまえさんは何者だね」

「合羽屋の知りあいさ」

「合羽屋というと、堀江町《ほりえちよう》に住む善治郎のことかい」

「さよう、借金を棒引きにしてもらおう」

「ぐふっ、冬瓜《とうがん》のような面をして、面白いことを抜かす」

「戯言《ざれごと》ではないぞ。法外な利息を吹っかけた罰だ。棒引きにしろ」

「勝手な野郎だぜ。なあ、仁助」

「旦那、こいつは照降町に住む十分一屋のヒモでさあ」

「なあんだ。吹けば飛ぶようなチン滓《かす》野郎か」

辰五郎は、唇もとに薄ら笑いを浮かべた。

またもや、板戸のむこうで人の気配が動いた。

おおかた、鵜殿新兵衛が様子を窺っているのだろう。

辰五郎が余裕綽々《よゆうしゃくしゃく》なのは、きっとそのせいにちがいない。

「あんた、手荒なまねをしようってなら、こっちにも考えがあるぜ」

どうせ、鵜殿をけしかけるだけのはなしだろう。

「案ずるな、手荒なまねはせぬよ」

「なら、はなしは仕舞《しめ》えだ。余計なお節介は焼かねえこった。尻尾を巻いてとっとと消えな」

「そうはいかぬ。十二年前の借りを返さねばならぬからな」

「あんだと」

「ふふ、辰造よ、忘れたとは言わさぬぞ。おぬしのせいで玉田屋は潰れ、主人夫婦は首を縊った。良心が咎めぬのか。おぬしのごとき悪党は味噌樽に詰めて大川にでも流してやらねばなるまい」

息もつかずにたたみかけると、辰五郎はぎょろ目を剝いた。

あきらかに動揺している。もはや、穿鑿《せんさく》の必要はあるまい。

「ふん、はなしがいっこうに見えねえぜ。十二年も経ちゃ、ひとってのは変わる。しかもほれ、おれはこのとおり、あやまって顔を焼いちまった。おれがその辰造だってのを見破ることのできる者なんざいねえさ。ふへへ、残念だったな、味噌汁で顔洗って出直してきな」

「いいや、そんな暇はない。じつはな、おぬしが辰造だと知る者を連れてきた」

「なんだって」

「尻にでかい疣《いぼ》があることも、背中のまんなかに苔が生えていることも、何でも知っている女さ」

「まさか」

辰五郎は板間で仁王立ちになり、ぺっと唾を吐いた。

三左衛門は敷居のところまでもどり、外の暗がりに声を掛けた。

「よいぞ、顔をみせてくれ」

おまつに肩を抱かれ、おふじが怖《お》ず怖《お》ずとはいってくる。

辰五郎は頬を強張らせ、固めた拳を震わせはじめた。

「おめえは……お、おふじか」

名を呼ばれ、おふじがすっと顔をあげた。

怨念《おんねん》の籠《こ》もった蛇のような眼差しだ。

辰五郎はおもわず、猪首《いくび》をすくめた。

「そうさ、あたしゃあんたに捨てられた女だ」

おふじは吐きすてるや、ぱかっと髷を取った。

「うえっ」

辰五郎が息を呑む。

おふじは敷居をまたいだ瞬間、ここが勝負所と腹を決めたのだ。

「あんたのせいで双親は鮭《しゃけ》になっちまった。今でも枕に立つんだよ、怨みを晴らしてくれってね。ご覧のとおり、あたしゃ落買いに堕ちちまった。もう、この世に未練はない。あんたと刺し違えて死んでもいいんだ」

「冗談じゃねえ。てめえなんざと刺し違えたかねえよ」

辰五郎はひらきなおり、太鼓腹《たいこばら》を突きだしてみせる。

おふじは一歩も退かない。

「合羽屋のご夫婦から手を引きな。そしたら、あたしも消えてあげるよ」

「わからねえな。何でおめえが合羽屋を助ける」

「理由なんざ、どうだっていいさ」

「そうはいかねえ」

「だったら、教えたげるよ。合羽屋んとこの松吉って子は、あたしの子なんだ。十二年前にお不動さんの御堂へ捨てた赤ん坊なんだよ」

「あんだって」

「そうさ、あんたの子なんだよ。これが因果《いんが》ってもんだ。ほとけさまは何でもおみとおしさ」

「ふうむ」

辰五郎はことばを失い、じっと考えこむ。

おふじは興奮のためか、荒い息を吐いた。

かたわらから、おまつが助け船を出した。

「辰造さん、あんた、罪の意識があったから顔を焼いちまったんだろう。今からでも遅くはないよ。洗いざらい白状して、気持ち良く土壇へ行くんだね」

「そうはいくかい。おめえらまとめてあの世へ送ってやらあ……先生、出番ですぜ」

板戸が乱暴に開き、蒼白い顔の鵜殿新兵衛があらわれた。

三左衛門は目配せをし、おまつとおふじを外へ逃した。

鵜殿は酒臭い。理由はわからぬが、かなりの酒量だ。

「辰五郎よ、待ちくたびれたぞ。いくらだ」

「へ」

「ひとり殺《や》って、いくらになると聞いておる」

「男は五両、女は三両ってとこでいかがでやしょう。へへ、先生、心おきなくばっさり殺っておくんなさい」

鵜殿は返事もせず、上がり框へ踏みだしてきた。

三左衛門は敷居を背にして低く身構え、脇差を抜く。

「ふふ、浅間三左衛門とか申したな。おぬし、斬るにはもったいない技倆《うで》をしておる。ひとつ訊くが、なぜ、そうまでして赤の他人を助けるのだ」

「さあな。強《し》いて言えば、おのれを救うためさ」

「おのれを……わからぬな」

「わしはむかし、事情《わけ》あって朋輩を斬った。それがために禄を捨て、故郷も捨てた。重い罪を背負って生きねばならぬ。ただ生きるのではなく、贖罪《しょくざい》をしながら生きねばならぬと、そう覚悟を決めたのよ」

「偽善者め、他人を助けておのれの罪が軽くなるとでもおもうのか」

「そうはおもわぬ、だが、気は晴れる。少しは重荷を下ろした気分になれる」

「ふん、くだらぬ」

「鵜殿新兵衛、おぬしを斬りとうない。斬ればまた重荷を背負わねばならぬ」

「ふっ、わしに勝つ気でおるのか」

「おぬしは負ける、酒をかなり呑んでおるようだ。おおかた、おぬしも重荷を背負って生きてきたのであろうよ」

「黙れ」

鶏殿は、ずらりと本身を抜いた。

刃長は三尺ちかくもあり、物打《ものうち》が鴨居《かもい》や柱に引っかかりそうだ。

辰五郎と仁助は板間の隅に後ずさり、固唾《かたず》を呑んで事の成りゆきを見守っている。

鶏殿は上がり框から、土間へ片足をおろした。

三左衛門は、敷居を背にして動かない。

屋内で勝負をつけるつもりなのだ。

この狭さなら小太刀のほうが有利だった。

それと察してか、鶏殿もおいそれとは斬りかかってこない。

「先生、はやく始末しちまってくれ」

焦《じ》れた辰五郎が首を差しだし、不満げにけしかけた。

刹那、刃風が唸り、血飛沫がざっと壁を濡らした。

「うひぇっ」

仁助が双眸《そうぼう》を瞠り、亀のように首を縮めた。

辰五郎は首を縮めるどころか、首がない。

肩を怒らせた首無し胴が正座したまま、茫々《ぼうぼう》と血を噴いている。

土間を転々とする死に首は、驚いた顔をしていた。

首を刎《は》ねられたことも知らずに、辰五郎は逝ってしまったのだ。

「ひ、ひぇえええ」

仁助は土間に転げおち、鉄砲玉《てっぽうだま》のように外へ飛びだした。

三左衛門は、ぴくりとも動かない。

鵜殿はびゅんと血を切り、本身を鞘に納めた。

顔色はいっそう蒼褪《あおざ》め、さきほどよりも頬が痩けおちたように感じられた。

人は誰かを斬るたびに痩せほそり、仕舞いには髑髏に皮を貼りつけたような顔になると聞いたことがある。今の鵜殿が、まさにそれだった。

「なぜ、雇い主を斬った」

「さあな、知らぬまに、からだが動いておったのよ」

やはり、鵜殿も重い過去を背負っているのだ。罪の重さに耐えかね、荒《すさ》んだ暮らしをしてきたにちがいない。

「鵜殿よ、おぬし、食い扶持を無くしたな」

「余計なお世話だ。おぬしの顔なぞみとうもない。わしのまえから消えてくれ、今すぐにな」

「言われるまでもないさ」

三左衛門は脇差をおさめ、血腥《ちなまぐさ》い土間に背をむけた。

外で待つふたりにも、なかの様子は察することができたであろう。

阿漕な五両一になった番頭の最期を、わざわざ語ってやる必要はあるまい。

十

燃えるような夕焼けが空を焦がしている。

夕河岸《ゆうがし》の喧噪を背にしつつ、ふと、空を仰げば、母燕《ははつばめ》が餌《えさ》を銜《くわ》えて飛びさっていった。

魚河岸に並ぶ蔵の軒下には、大きな燕の巣があった。

先月に一番子が生まれ、今月にはいると何羽もの雛《ひな》が口をあけて餌をせがんでいた。これから梅雨になれば、子燕たちは飛ぶことを習い、やがて、雄々しく巣立ってゆく。

錦松の盆栽をおふじにみせると、父親がたいせつにしていた盆栽だとわかった。祖父の代から伝わるもので、家宝も同然の代物だったらしい。

おふじの父親は世間体を慮《おもんぱか》り、孫を捨てようと決意したものの、やはり、罪の意識を拭いきれなかったのだ。御行の松が植えられた不動尊の御堂へ、乳飲み子といっしょに盆栽を置きさった。

なぜ、それが盆栽だったのか、判然としない。

娘に詫びたい気持ちを、そうしたかたちであらわしたかったのではあるまいか。

父親はおふじの書き置きも添え、親切なひとに拾ってもらおうと考えた。もしかしたら、子のない合羽屋の夫婦が願掛けをしているという噂を聞きつけ、わざわざその場所を選んだのかもしれなかった。が、今となっては知る由《よし》もない。

盆栽を目にしたところで、おふじの気持ちに変化はなかった。

孫を捨てさせた父親への恨みは、簡単に消えるものではない。

それでも、おふじは横顔を夕焼けに染め、気丈にもつぶやいた。

「いいんだ、もうぜんぶ終わっちまったことさ」

その台詞に嘘はなかろう。腹を痛めた子が生きていると知ったときから、胸にわだかまった積年の恨みは氷のように溶けてなくなったのだ。

三左衛門はおまつに請われ、喜兵衛店まで付きあわされた。

昨日までずっと迷っていたおふじは、やはり、松吉と再会する勇気がもてないようだった。

「ほんとうに、いいのかい」

「いいんだよ」

おまつに糺され、おふじはしっかり頷いてみせた。

端《はた》でみていても、自分に言い聞かせているのがわかる。

再会したい気持ちを抑えつけるかのように、鬘はつけず、頭を青々とさせている。

白地の単衣《ひとえ》に絽羽織《ろばおり》を纏っているので、尼僧《にそう》にしかみえなかった。

「ほんとに、いいんだね」

「だって、おまっちゃん、どの面さげて逢えっていうの。母親だなんて名乗る資格はないもの。松吉を遠くからひと目だけでも見ることができれば、それでいいんだ」

おふじの表情はさっぱりしていたが、やはり、どこか寂しげだ。

おまつは粘った。

「合羽屋のご夫婦に遠慮があるのかい」

「あの子をここまで育ててくれたお方だ。ほんとうなら、お逢いして土下座しなけりゃならないところさ」

「だったら、そうすればいいのに」

「嫌がるよ。あたしが逆の立場なら、松吉に逢ってほしくないとおもうもの」

「そうかねえ」

「だって、あたしゃ落買いなんだよ」

「あんたがお金持ちのお内儀だったら、逢えるってのかい」

「どうだろうね。でも、松吉は惨《みじ》めなおもいをしなくても済むとおもう」

「あんた、松吉を莫迦にしちゃいけないよ」

「え」

「あの子はね、自分を産んでくれた母親に逢いたいんだ。母親がどれほど惨めなすがたになろうとも、きっと逢いたいにきまっている」

「どうして、おまっちゃんにわかるのさ」

「そういう子さ、松吉は優しい子なんだ」

おまつは先に立って、喜兵衛店の木戸を抜けてゆく。

尼僧のようなおふじと、むさ苦しい浪人風体の三左衛門がそれにしたがった。

露地裏には棒手振《ぼてふ》りが行き交い、お喋りな嬶《かか》ァどもや洟垂れどもが入りみだれ、貧乏長屋は噎《む》せかえるような熱気にとりつつまれている。かえって賑やかなのが功を奏し、三人のすがたを気にとめる者もいない。

おまつに導かれ、おふじと三左衛門は小さな稲荷明神の蔭へ身を隠した。

「いつ来ても、こんな感じさ、ほら、斜むこうの二軒目、障子戸に善とあるのが合羽屋さんの住居《すまい》だよ」

おふじは唾を呑みこみ、じっくり頷いた。

善治郎は居職《いしょく》なので、おみねともども部屋にいる。

ふたりのすがたを目にすることはできなかったが、おふじは部屋にむかって何度も拝んでみせた。

もうすぐ暮れ六つの鐘が鳴る。

松吉が奉公先から帰ってくる。

「おまっちゃん、胸が苦しいよ」

「だめだよ。しっかり見なくちゃ。あんたの子なんだから」

鐘が鳴りおわるころ、役者傘がふたつ、木戸の内に忽然《こつぜん》とあらわれた。

雨も降っていないのに、傘の花が人の波を泳ぐように近づいてくる。

「あれだ」

おまつが囁《ささや》いた。

傘の花は丈にちがいがあり、背の低いほうは十に満たない娘が握っていた。

「おまっちゃん、あれは」

「驚いた、うちのおすずだ。いつのまに仲良くなっちまったんだろう」

露地裏に風が吹きぬけた。

おすずが柄を手放した途端、傘がふわりと宙に浮いた。

「あ、飛んでく」

背の高いほうの傘がたたまれ、前垂れを掛けた丁稚小僧が顔をみせた。

「松吉」

つぶやいたきり、おふじは言葉を詰まらせた。

松吉はおすずの手を引き、宙に飛んだ傘を追いかける。

おまつは、そっとおふじの横顔をみた。

長い睫毛《まつげ》を伝って、大粒の涙がぽろぽろ零《こぼ》れおちてくる。

やがて、日は落ち、露地裏から喧噪は消えた。

松吉もおすずもいない。

善治郎の部屋からは、桐油紙を裁《た》つ音だけが聞こえてくる。

三人は露地裏から木戸を抜け、暮れゆく往来を歩みはじめた。

「おまっちゃん、ありがとう」

礼を言うおふじの声には、張りがある。

「これから、どうすんだい」

「ふふ、せいぜい稼がなきゃね。今から薬研堀のお不動さんへまわってみるつもりさ」

「だったら、親父橋の手前まで送ってゆくよ」

幼いころのように、ふたりは仲良く肩を並べ、芝居町へ通じる木橋へむかった。

「おまっちゃん、ここでお別れだ」

「うん」

おふじはしゃんとしているのに、おまつのほうが泣きべそを掻きはじめた。

「じゃあね、おまっちゃん」

「うん」

「さようなら」

いつかきっと、母と子が邂逅できる日はやってくる。

何もかも許しあえる日は、いつかきっとおとずれる。

そう信じながら、おまつと三左衛門は遠ざかる母親の背中を見送った。

親父橋の手前に植わった「嬶ァ松」が、このときを待っていたかのように、松落葉を雨と降らせはじめた。

おふじはいちども振りかえらず、心なしか軽やかな足取りで橋を渡りきった。

あやめ河岸《がし》

一

紫の濃い花弁が丑雨《うしあめ》にしっとり濡れている。

川端に群生《ぐんせい》する花は杜若《かきつばた》だが、日本橋北を南北につらぬく浜町堀《はまちょうぼり》の堀口から三《み》ツ俣《また》をのぞむこの河岸は「あやめ河岸」と呼ばれていた。

「まいったな」

八尾半四郎は六尺豊かな巨体を屈め、絽羽織《ろばおり》の襟を寒そうに寄せた。

自慢の小銀杏《こいちょう》は濡れそぼり、着流しの裾も裏白の紺足袋《こんたび》も泥水を吸っている。

母の絹代《きぬよ》に「蛇《じゃ》の目《め》をさしていきなされ」と言われたのに、江戸っ子は傘なんぞ持たねえと胸中で粋《いき》がってみせ、颯爽《さっそう》と家を出たのがまちがいだった。

こうなれば手っとりばやく検屍《けんし》を済ませ、湯屋で朝風呂にでも浸かって帰ろうとおもった。

半四郎は昨年、南町奉行筒井紀伊守直々《つついきいのかみじきじき》の肝煎《きもい》りで用部屋手付同心《ようべやてつきどうしん》に抜擢《ばってき》された。ところが、不得手《ふえて》な書き仕事が多くて日々の出仕に耐えきれず、ふてくされていたところ、年番方与力《ねんばんかたよりき》から「定廻りに欠員が出たので戻らぬか」というありがたい誘いを頂戴《ちょうだい》し、一も二もなく承知した。

どうやら、奉行が秘かに「戻してはどうか」と相談していたらしいのだが、そんなことはどうでもよい。

なにはともあれ、久しぶりに定廻りとして再出発する今日が初仕事なのだ。周囲に降格とみなされても、まったく気にはならない。絹代は「これでまた嫁のきてがなくなった」と嘆いてみせたが、半四郎には雪乃《ゆきの》という心に決めた相手があった。

空には雨雲が垂れこめ、滔々《とうとう》と流れる大川は灰色にくすんでみえる。河岸には穀物を積んだ荷船が何艘《なんそう》も繋がれ、荷役夫《にえきふ》たちが黙々と働いていた。穀物は浜町堀に軒をつらねた大名の蔵屋敷へ納められる。町屋は入江橋《いりえばし》のむこうなので、川端に町人のすがたは見当たらない。二本差しも歩んでおらず、荷役夫だけが灰色の風景に溶けこんでいた。

「八尾さま、ほとけが浮かんだのは、すぐそこでさあ」

手拭いを米屋被《こめやかぶ》りに載せた仙三《せんぞう》が、足を止めて振りかえった。

仙三は廻《まわ》り髪結《かみゆ》いを生業《なりわい》にしている。夕月楼の金兵衛に紹介された御用聞きで、機転の利く重宝な男だ。

そういえば、投句仲間の金兵衛や浅間三左衛門ともしばらく逢っておらぬなと、半四郎はおもった。

以前は三日にいちどは三人で集まり、酒を酌《く》みかわしながら狂歌を詠《よ》んで過ごした。それが唯一の楽しみでもあったが、奉行直属となってからは忙しくて足をはこぶ暇もなかった。また三人で歌詠みができるとおもうと、何やら嬉しくなってくる。

「八尾さま」

「ん、なんだ」

「町屋の年寄り連中がこの河岸を何と呼んでいるかご存知ですか」

「さあ、知らぬな」

「あやめはあやめでも、人を殺《あや》めるの殺め河岸ですよ」

「ほう、由来《ゆらい》は」

「なんでも、以前、そこにあった大名家の若侍が吉原の花魁《おいらん》に惚《ほ》れやしてね。へい、足駄履《あしだは》いて首ったけってやつで。ところが、相手は大籬《おおまがき》の御職《おしょく》（看板遊女）だ。お侍《さむれえ》は真っ正直で忠義にあつい男だったらしいが、そこは惚れた者の弱み、ぶっ高え登楼代を稼ぐために辻斬りをやりはじめた」

「どこかで聞いたことのあるようなはなしだな。侍はいちど江戸を逃れたが、罪を悔《く》いて江戸へもどるや、みずから名乗りでて捕まり、鈴ケ森《すずがもり》で処刑された……おもいだした、そいつは白井権八《しらいごんぱち》だ。花魁はその若侍を慕って後追い心中を図ったんじゃねえのか」

「結末はちょいとちがいましてね、若侍の純情は花魁にゃまったく通用しやせんでした。仕舞いにゃ袖にされておかしくなり、素っ裸で刀を振りまわし、この河岸で通行人を殺めちまったらしいんです……ま、それがほんとに、殺め河岸の由来かどうかはわかりやせんけどね」

「ふうん」

天明《てんめい》の飢饉《ききん》で江戸に餓死者《がししゃ》が出たころというから、四十年もまえのはなしだ。そのころはまだ、河岸の正面に中洲《なかす》があり、夜になると妓楼《ぎろう》の灯りが煌々《こうこう》と瞬いていた。

今、中洲のあったあたりは葦《あし》の生えた浅瀬になっており、日本橋川に身投げした女が箱崎川《はこざきがわ》を経由して、たまに流されてくるという。つい先日も、濁《にご》り鮒《ぶな》や梅雨鯰《ゆなまず》を釣りにきた侍が若い女の水死体を釣りあげたと聞いた。

「仙三、今朝のほとけは肥えた五十男だってなあ」

「へい、浅瀬に引っかかっていたそうで。みつけたな、やっぱし鮒釣りのお侍でさあ」

一見しただけで、殺められたとわかったらしい。日本橋川か箱崎川か、いずれにしろ、遺骸は上流のどこかで捨てられ、浅瀬まで流されてきたのだ。

「あっしもまだ拝んじゃおりやせんがね、首がこう、背中のほうへ捻《ね》じまがった無惨なほとけだとか……ほら、あそこですよ」

仙三の指差すさきに、六尺棒《ろくしやくぼう》を抱えた下役と野次馬たちの影がみえた。

降りしきる雨のせいか、集まった人数はさほど多くない。

半四郎は固く結んだ博多帯《はかたおび》の背中から、朱房《しゆぶさ》の十手を引きぬいた。

全身から湯気を立ちのぼらせつつ、俯《うつむ》き加減で土手を降りてゆく。

湿った風に運ばれた死臭を嗅いだ途端、あたまが妙に冴《さ》えてきた。

「これが殺しの現場ってやつだぜ」

双眸《そうぼう》は炯々《けいけい》とし、気楽に声を掛けられない雰囲気に変わっている。

半四郎のすがたをみとめ、集まった誰もが後ずさって道を空けた。

「おっと、すまねえな」

杜若の群生する汀《みぎわ》には筵《むしろ》が敷かれ、頭陀袋《ずだぶくろ》のような屍骸《むくろ》が寝かされていた。

なるほど、俯せの状態なのだが、首だけは上向きに捻じまがっており、黝《あおぐろ》く浮腫《むく》んだ凄まじい形相で虚空を睨《にら》みつけている。

「瞼《まぶた》を閉じてやる者もいねえのか。仙三よ、朝から厭《いや》なもんをみちまったな」

「まったくで」

「まずはほとけの身許だ。そいつを探らなくちゃあな」

「へい」

そこへ、唐傘《からかさ》が音もなく近づいてきた。

「八尾さま、身許ならわかっておりますよ」

かたむけられた唐傘から、ざざっと雨垂れが落ちてくる。

女だ。

色白で可憐な面立ちの女が総髪を後ろで束ね、男装に身を固めて佇《たたず》んでいる。

「ゆ、雪乃どのか」

「はい」

「何をしにまいられた」

「それはこちらの台詞《せりふ》、八尾さまこそ何をしにまいられたのです」

鋭く切りかえされ、半四郎は鬢《びん》を掻いた。

「じつは定廻りに出戻りましてね。挨拶《あいさつ》に伺《うかが》おうとおもっていたところですよ」

「その必要はありません」

ぴしゃっと鼻先で扉を閉められたように感じ、半四郎は口を噤《つぐ》んだ。

雪乃は六つ年下の二十二、徒目付《かちめつけ》の家に生まれ、母を早くに亡くした。厳しい父から武芸を仕込まれ、重籐《しげとう》の弓を引けば三十間さきの柿《かき》をも射抜き、薙刀《なぎなた》を取らせれば大名家の奥女中に指南するほどの腕前となった。

「八尾さま、わたくしのお役目をご存知ですよね」

「ええ、まあ」

とある抜け荷の探索で筒井紀伊守の目に止まり、隠密廻《おんみつまわ》りと同等の三十俵取りで召し抱えられ、昨年から奉行特命の隠密働きに専念しているのだ。

女だてらになどと、なじるつもりは毛頭ない。

ただ、少しはこちらにも気をむけてほしいものだと、半四郎はおもう。

そうした心情が透けてみえるのか、雪乃はいつも冷たい態度で接してくる。

「遺骸の主は鯉屋太郎次《こいやたろうじ》、御用達《ごようたし》の魚問屋です」

「ほう」

雪乃が奉行から隠密御用を申しつけられ、秘かに探っていた男らしい。

おおかた、抜け荷絡みであろうと憶測《おくそく》しつつも、口に出すのは控えた。

「ごらんになればわかるとおもいますが、死後半日といったところでしょう」

「すると、殺られたのは昨晩か」

「たぶん、亥《い》ノ刻を過ぎてからだとおもいますよ」

雪乃はすっと身を寄せ、紙きれを一枚差しだした。

「首から紐《ひも》でぶらさがった大判の財布に、このようなものがはいっておりました」

「ん、熊野神社《くまのじんじゃ》の護符《ごふ》か。裏を返せば遊女の起請文《きしょうもん》ってやつだな」

「一枚書くたびに、熊野で烏《からす》が一羽死ぬんでしょ」

「遊女が客の心を繋ぎとめておく手管《てくだ》ですよ、好きでもないのに嘘で書けば三羽の烏が死ぬとか……ほら、ここに敵娼《あいかた》の源氏名《げんじな》が書いてある」

「三浦屋《みうらや》の小紫《こむらさき》」

「三浦屋といやあ、吉原は京町一丁目の大籬だな」

「ずいぶんお詳しいこと」

「へ」

「この護符を差しあげます。それから、護符の挟んであった財布も、はいこれ」

手渡された財布には、一分金だの一朱銀だのといった所持金がはいっている。

書面らしきものはない。

「あとはどうぞ、ご勝手に」

雪乃は傘で雨粒を弾きながら、うしろもみずに遠ざかっていった。

待ってくれ、天地神明に誓っても遊女を買ったおぼえはないぞと、胸の裡《うち》で繰りかえしても声が届くわけもなかった。

掌に残ったのは熊野神社の護符一枚、ご利益《りやく》はとうぶんありそうにない。

仙三は雪乃のうしろすがたを、いつまでもうっとり眺めている。

「雪か氷か白鷺《しらさぎ》か、普賢菩薩《ふげんぼさつ》の再来か……美しい花にゃ棘《とげ》があるって言うけど、雪乃さまがまさにそれだな」

半四郎には応じる気力もない。

起請文の中身をよく確かめもせず、財布に挟んで袖に突っこんだ。

黒雲はいっそう低く垂れこめ、雨脚は次第に強くなってくる。

膨らみはじめた屍骸を濡らす雨音が、やけに大きく聞こえた。

二

雪乃に逢いたい気持ちをぐっと怺《こら》え、半四郎は鯉屋の周辺を嗅ぎまわった。

仙三もしゃかりきになって駈けまわり、五日ほどで太郎次を取りまく人間模様が浮かんできた。

「鯉屋は日本橋で四代つづく魚問屋の老舗《しにせ》、太郎次は番頭あがりの婿養子《むこようし》でしてね」

「ふむ、女房のおときにゃ息子がふたりあったな」

「二十五の孝一郎《こういちろう》が跡取りで、二十二の孝二郎《こうじろう》は勘当寸前の穀潰《ごくつぶ》し、ふたりとも太郎次の子じゃありやせん」

ふたりは婿養子にはいった三代目の子供、三代目が不慮《ふりよ》の事故で他界してしまったがために、おときは暖簾《のれん》を守ってくれる新しい夫を探さねばならなかった。

「大店の後妻ってのはよくあるが、逆《さか》しまのはなしはあんまし聞きやせん。財産狙いだってのがすぐにわかりやすしね。そんなこんなで、おときの眼鏡《めがね》にかなう相手はなかなかあらわれなかった。とどのつまり、番頭の太郎次が籤《くじ》を引かされたってなわけで」

「そいつが当たり籤だったのか、それとも貧乏籤だったのか、死んだ本人にしかわかるまいな」

「殺められるまでは、当たり籤だったとおもいやすよ」

太郎次は誠実を絵に描いたような奉公人だったが、おときに請われて鯉屋の主人におさまってからは人が変わった。

「横柄で鼻持ちならねえ野郎になりさがったと、使用人どもは口を揃えやす」

本性はどうあれ、太郎次には人並みはずれた商才があり、鯉屋の身代はあれよというまに太った。

「外で散財しようが情婦《いろ》をつくろうが、勝手気儘《かってきまま》のやりたい放題、面と向かって詰《なじ》ることのできる者もおりやせんでした。次男坊なぞは臑《すね》を囓《かじ》りまくっておりやしてね」

当初は先代への遠慮から、孝二郎に遊び金を用立ててやった太郎次も、死ぬ何日前かに堪忍袋《かんにんぶくろ》の緒《お》を切らし、久離帳《きゆうりちよう》に載せてやるから覚悟しておけと、公言してはばからなかったという。

「次男坊は母親に猫可愛がりされているんだろう。太郎次さえ消えちまえば、久離を切られずに済むってわけだ」

「まあ、そうでやすね」

仙三はさきほどから、周囲の目を気にしていた。

茅場町《かやばちょう》の大番屋《おおばんや》で出がらしの番茶を呑んでいるのだが、出戻りの半四郎は同僚の同心たちから快く迎えられていない。何か格別の意図があって下々《しもじも》の行状を探りにきたのではないかと、深読みされている節があった。

当の半四郎は気にする素振りもない。

ひとつのことに集中すると、余計なことは考えられなくなる。

ただし、雪乃は別だ。面影を浮かべるたびに胸が苦しくなってきた。

雪乃から得られた情報は、今のところ起請文を除けば何ひとつない。

太郎次は抜け荷と関わりがあるのかどうか、そのために命を縮めたかもしれぬこともふくめて何もわかっておらず、雪乃が探索をつづけているのかどうかも判然としなかった。

「こっちはこっちでやるしかあるまい」

「へい」

「で、三浦屋のほうはどうだった」

「小紫っていう源氏名は代々、三浦屋の御職が付けるものでしてね、これも何かの因縁《いんねん》か、例の白井権八を慕って後追い心中した花魁ってのが、二代目の小紫なんですよ」

「なるほど、そうであったな。ふたりを偲《しの》んで目黒《めぐろ》の東昌寺《とうしょうじ》に比翼塚《ひよくづか》が築かれたのだ」

「ところがどっこい、時代変われば人も変わる、今の七代目は二代目とは似ても似つかぬ薄情者、烏殺しの異名で呼ばれておりやす」

「ふふん、烏殺しか。熊野の烏を何十羽となく殺してきたのだな」

「仰《おっしゃ》るとおり、七代目小紫は百枚起請の花魁なんです」

半四郎は袖をまさぐり、熊野神社の護符を取りだした。

表面には熊野権現《ごんげん》のつかわしめである八咫烏《やたがらす》七十五羽で「熊野牛王宝印《くまのごおうほういん》」という文字が描かれている。そして、裏面には「身は売っても主《ぬし》さまに捧げた心は売らず」と記され、ふたりの名と血判まで捺《お》されていた。

遊女がなぜ、勧進比丘尼《かんじんびくに》の売りあるく熊野神社の護符を起請文にするのか、半四郎にはわからない。起請文は乱発しても八咫烏の数とおなじ七十五枚までは許されるものの、それ以上出せば地獄行きともいう。

そうした迷信よりも、注目すべきことがひとつあった。

起請文に書かれた男の名だ。

あとで気づいたのだが、裏面には太郎次ではなく、岩蔵《いわぞう》という別の名が記されていた。

「岩蔵だとよ……いったい誰なんだ、そいつは」

「起請文を貰ったうちのひとりでしょうが、そいつが誰かはまだわかりやせん」

「小紫に訊くか、遣り手に一朱金でも握らせて訊くしかないか」

「そいつができりゃいいんですけどね」

「わかっておる、そう簡単にゃゆくまい。面番所《めんばんしょ》の連中が睨みを利かしておるだろうしな」

さらなる疑問は、岩蔵のために書いたはずの起請文が太郎次の財布からみつかった点だ。

「ひょっとすると、殺ったな岩蔵かもしれやせんね。鯉屋と小紫のあいだにゃ身《み》請話《うけばなし》がすすんでおりやした。岩蔵がそれを根にもったとか」

「間夫《まぶ》の悋気《りんき》か」

「間夫かどうかはわかりやせん。小紫にその気はないが、岩蔵だけがのぼせあがっていたってこともありやす」

むしろ、そちらのほうが起請文を財布に残した説明はつきやすい。

太郎次を殺し、小紫に本気をみせつけるためには、自分が下手人《げしゅにん》であるという証拠を残さねばならなかった。

「起請文こそは動かぬ証拠……やっぱし、下手人は岩蔵って野郎だな」

仙三は思案顔で渋茶を啜《すす》った。

「おっと、うっかり忘れるところだ。八尾さま、じつはまだありやす。太郎次の身請話を面白くねえとおもっていた御仁が他にふたりおりやした」

「ほう」

「ひとりは伊勢屋十兵衛《いせやじゅうべえ》っていう札差の通人《つうじん》で、この野郎も小紫を請けだそうと狙っておりやしてね」

「つまり、鯉屋と張りあっていた」

「へい」

「ふたり目は」

「ほかでもねえ、女房のおときですよ。おときはめっぽう悋気の強《つえ》え女で、旦那が悪所へ足をむけると、留守中にきまって悪態を吐きながら茶碗やら何やらを投げつけ、癇癪《かんしゃく》を起こしていたそうです」

「女房に次男坊、札差の伊勢屋、岩蔵とかいう得体の知れぬ男まで、みいんな太郎次を殺める理由があったってことか」

「さようで」

中心には七代目小紫がいる。

やはり、逢わねばなるまいか。

半四郎は深々と溜息を吐《つ》いた。

三

ひとたび大門《おおもん》を潜れば、否がうえにも人間の剝きだしの欲望と向きあわねばならなくなる。

定廻りが黒塗りの大門からむこうへ踏みこむのは、それほど容易《たやす》いことではなかった。

大門左手の面番所には鼻薬《はなぐすり》を嗅がされた同心二名が常駐しており、揉め事を穏便に解決する慣習があるからだ。

心中に付け火に足抜け、そうした罪に問われた遊女たちは吉原の掟によって裁かれ、役人はいっさい口を出さない。南北の町奉行もこれを暗黙の了解として容認していた。

なにせ、吉原は一日千両の金が落ちるところ、幕府への運上金も莫大《ばくだい》な金額にのぼる。妓楼を取りまとめる顔役ともなれば、絶大な権力を握っていた。首代《くびだい》と呼ばれる強面《こわもて》の乾分《こぶん》たちまで、木っ端《こば》役人のひとりやふたりは屁《へ》でもないとおもっている。

夕刻、新造《しんぞう》たちが三味線の糸を調節しながら清掻《すがが》きの仕度をはじめたころ、半四郎と仙三は面番所から飛びだした同心の制止も聞かず、なかば強引に大門の内へ足を踏みいれた。

そのまま待合《まちあい》の辻《つじ》を抜け、花菖蒲《はなしようぶ》が何千本と植えられた仲《なか》の町《ちよう》大路に沿ってまっすぐ歩んでゆく。

張見世《はりみせ》もはじまっていないせいか、素見《ひやかし》の客もまばらで、左右の引手茶屋《ひきてぢやや》には遊女や禿《かむろ》のすがたもない。

江戸町《えどちよう》、揚屋町《あげやまち》と過ぎ、京町一丁目の辻を右手に曲がった。

幅三間はある往来の左右には紅殻格子《べんがらごうし》の籬が軒をつらね、そのなかでもひときわ豪奢《ごうしゃ》な朱塗りの楼閣が三浦屋だった。

忘八《ぼうはち》（楼主）は伝兵衛《でんべえ》、蟷螂《かまきり》に似た顔の四十男だ。

伝兵衛自慢の遊女たちのなかにあっても、小紫は別格らしい。

「なにせ、一千両の樽代《たるだい》（身請代）が、鯉屋と伊勢屋が争ったせいで三千両まで高騰《こうとう》したとか」

「鯉屋が殺されて値は下がろう。伊勢屋は得をし、忘八は儲け損なったな」

「そのとおりで」

ふたりは、三浦屋の敷居をまたいだ。

立てまわしの大部屋がある一階の板間に腰掛け、若い者に十手を翳《かざ》して内証《ないしょう》へ声を掛けさせる。

顔を出したのは忘八の伝兵衛ではなく、花車《かしゃ》（女将《おかみ》）のおくまだった。

「定廻りのお役人さまが、また何の御用です」

「ちと逢わせてほしい花魁がおってな」

「誰です」

「小紫だ」

「うちの御職が何ぞしでかしましたか」

「鯉屋が殺されたのは存じておろう」

「その件なら、首代が町奉行所《まちかた》に出向き、はなしをつけてきたはずですけど」

「誰とどうはなしをつけたのだ」

「さあ、首代に聞いてみないと」

「何という男だ」

「ご足労ですけど、大門の会所《かわ》で尋ねてくださいな」

おくまにのらりくらりと躱され、小紫には逢えず仕舞《じま》いとなった。

遣り手はじめ新造や禿とも口を利くことは許されず、半四郎はたいそう惨《みじ》めなおもいを抱かされた。

首代の屯《たむろ》する四郎兵衛会所に顔を出したところで、まともに相手はしてくれまい。十手を突きつけて効果のある相手ともおもえず、ここは素直に引きさがるしかなさそうだ。

とはいえ、せっかく吉原まで来て踵《きびす》を返すのはもったいないので、しばらくは外で張りこむことにした。

「仙三よ、浅黄裏《あさぎうら》にでも化けてくりゃよかったな」

「へへ、旦那は山出し侍にゃ化けられやせんぜ。ってより、どう化けても八丁堀の同心にしかみえねえ。なにせ、そのごついからだに怖え顔だ。いちど目にしたら忘れられねえ」

「何をやってても無駄骨ってことか」

ふたりは清搔きの賑やかな音色を聞き、張見世がはじまって一刻（二時間）ばかりは暗がりから三浦屋の様子を窺った。

そして、おもいがけず、遊客のなかに顔見知りをみつけたのである。

年齢は二十代半ば過ぎで体格は小太り、眸子《まなこ》は吊り目で細く、鼻は胡坐《あぐら》を搔いていた。姉に似た餅肌《もちはだ》が自慢らしく、尻のかたちと口の臭いをいつも気にしている。

男は店番の妓夫《ぎゆう》にむかって胸を張り、自分は三浦屋一の花魁を揚げにきた、お大尽《だいじん》だぞと威張《いば》ってみせ、呵々《かか》と笑《わら》いながら籬のむこうへ消えていった。

「あいつ、誰だっけ」

「驚きました。又七《またしち》さんです」

「十分一屋のおまつどのの……あの、箸にも棒にも掛からぬ実弟か」

十代のころから廓通いにうつつを抜かし、帳場の金をつかいこんで親に勘当された。

雛《ひな》売り苗《なえ》売り灯籠《とうろう》売り、古金買いに古傘買い、薬売りに貸本屋等々、ちょいと手をつけては職を変え、ひとつとして長続きしたためしがない。

「今は何をやっておる」

「さあて、心太《ところてん》だったか、外郎餅《ういろうもち》だったか、何かつるんとしたものを売っていたような」

「おぬし、幼なじみだったな」

「ええ、又七さんはそのころは大店のご長男、駄菓子屋《だがしや》で売ってるもんは好き放題に買うことができやした。おいらは貧乏人の倅《せがれ》だもんですから、食い物欲しさに金魚の糞《ふん》みてえにいつもくっついて歩いてたんです」

「いい大人になってからも、あたまがあがらねえってわけか。情けねえはなしだ」

考えてみれば、雪乃との縁を繋げてくれたのは、おまつだった。

伯父《おじ》の半兵衛に懇願《こんがん》され、見合い相手を探しだしてくれたのだ。

昨年の神無月上亥《かんなづきじょうい》、炉開きの茶人正月、雪乃が弟子入りしていた茶人山本遊《やまもとゆう》白《はく》の数寄屋《すきや》にて見合いは執《と》りおこなわれた。

ところが、奇《く》しくも両者とも亭主遊白を内偵するのが本来の目的、最初《はな》からその気はない。見合いは成功するはずもなかったが、半四郎だけが雪乃にひと目惚れしてしまった。

元来が色恋に不器用な男、いちど惚れたとなれば、惚れる気持ちの量が尋常ではない。ほかの娘など眼にはいらず、母の絹代や伯父の半兵衛が好条件の縁談を携えてきても、まったく興味をしめさない。

兄は早世し、十手持ちの父も逝《い》った。当主として八尾家を存続させる重責を背負っている。一刻も早く身を固めさせねばと、親類縁者はやきもきしながら見守っているのだ。

それが鬱陶《うっとう》しい。

一方の雪乃には、誰かの嫁になる気などさらさらなかった。

紀伊守に力量をみとめられてからは、ますます役目に没入してゆくようだ。

「小紫ともなれば、いちどの揚げ代で五両や十両はかかるはず。あやつにそんな金があるとはおもえぬのだが」

「鉄火場《てっかば》であぶく銭でもつかんだのでしょうよ」

ふたりは又七が出てくるのを待った。

一刻のちに外へあらわれた又七は赤ら顔の微酔《ほろよ》い加減、新内《しんない》を口ずさみながら黒板塀《くろいたべい》沿いに歩むすがたは、蟹《かに》である。

酔蟹《よいがに》の襟首を引っつかみ、半四郎は又七を辻行灯《つじあんどん》の蔭へ導いた。

「誰でえ、何しやがんでえ」

「おれだ、ほれ、見覚えがあろう」

「うえっ、半鐘泥棒《はんしようどろぼう》の旦那かい」

「半鐘泥棒とは恐れいったな。おれは十手持ちだぜ」

「わかっておりやすよ。お、そこにいるのは誰かとおもえば、仙三じゃねえか」

「又七さん、お久しぶり。三浦屋の花魁を買ったんですかい」

「おう、買ったな御職の七代目小紫さ」

「そいつはすげえ。むかし取った杵柄《きねづか》でやすね」

「まあな。ただし、今宵《こよい》は初会《しよかい》よ」

「するってえと、床入りまでにゃ間があると」

「裏を返して馴染《なじ》みになるにゃ、今宵の十倍は散財しなくちゃならねえ」

「ちなみに、初会の揚げ代はおいくらで」

「十両さ。そいつを一刻足らずでぱあっと使っちまった。久しぶりにすっきりしたぜ。おいらが宵越《よいご》しの金を持たねえのは、仙三、おめえもようく知ってるはずだ」

「そりゃもう、又七さんは江戸っ子のなかの江戸っ子でやんすから」

「おうよ、へへへ、やけにもちあげるじゃねえか、なあ」

予想どおり、又七は賭場《とば》であぶく銭をつかんだのだ。手もとにはまだ一両残っており、それを元手にまたひと儲けして、小紫のところへ通うつもりだなどと嘯《うそぶ》いた。そのくせ、姉のおまつには内緒《ないしょ》にしてくれと、仙三に頼みこむ。

「又七さん、裏を返して馴染みになっても、袖にされるお大尽もあると聞きやしたぜ」

「小紫にかぎって、そいつは心配ねえ」

「ほう、なぜです」

「知りてえかい。ほら、こいつが何だかわかるか」

又七は袖の内から自慢げに、紙切れを一枚取りだしてみせた。

「もしや、それは起請文」

「当たり。ほら、血判まで捺してあるだろう。こいつにゃ小紫の真心がしたためてあるんだぜ、へへ」

ここにもひとり、烏殺しに引っかかった莫迦《ばか》がいる。

「ちっ」

と、半四郎は舌打ちをかました。

又七は床入りの見込みもないのに、紙切れ一枚貰って満足している。

薄めた酒と箸もつけぬ料理と、艶《えん》な仕種《しぐさ》とありんす詞《ことば》に、十両もの大枚を叩《はた》く

のは金を溝《どぶ》に捨てるようで、莫迦げているとしかおもえない。

「おい、又七」

半四郎は、だめもとで糺《ただ》してみた。

「小紫の口から、岩蔵という名を聞かなかったかい」

「岩蔵でござんすか……あ、その名なら聞きました」

あっさり応じられたので、半四郎はびっくりした。

四

黒南風《くろはえ》が江戸湾から湿った空気をはこんでくる。

雨雲は層をなし、次第に低く垂れこめ、いましも、雨を降らそうとしていた。

暦《こよみ》どおり芒種《ぼうしゅ》になってからは、ぐずついた空模様がつづいている。

翌朝、半四郎はひとり、両袖を靡《なび》かせながら蔵前大路を歩んでいた。

又七によれば、岩蔵とは札差脅しを生業《なりわい》にする蔵宿師《くらやどし》であるという。情婦と目される女の刺青《ほりもの》を背負っており、それが般若《はんにゃ》にみえるところから、般若の岩蔵と呼ばれていた。

小紫は数多《あまた》ある客のなかでも岩蔵のことは強く印象にのこっていたようで、又七の酒席でぺろっと洩らしてしまったのである。

「ここか」

半四郎は足を止め、往来に建つ札差の屋敷を仰ぎみた。

屋根看板に「伊勢十《いせじゅう》」とある。

岩蔵は札差に難癖《なんくせ》をつけて小金をせびりとる小悪党、伊勢屋十兵衛とも関わっていたにちがいないと睨み、半四郎は足をはこんだ。

「ごめん、邪魔するぞ」

敷居をまたぐと広い土間があり、板間の半分は全面格子で遮《さえぎ》られ、格子のまえに先客がふたり並んでいた。禄米を担保《たんぽ》に金を借りる幕臣である。小者を雇う金もないので、恥をしのんでみずから足をはこぶしかないのだ。

札差の客は二本差し、白刃を抜かれては敵《かな》わない。ために、内証は頑丈《がんじょう》な格子で囲まれており、格子のむこうには出納《すいとう》を任された番頭が座り、帳面を繰りながら金銭の貸付をおこなっていた。

貸付利子は一割二分、それがお上の定めた上限の利率だが、裏では利子の二重取りだの何だのと汚い手管がつかわれているという。

それでも、当座の金欲しさに、幕臣たちが足繁《あししげ》く通ってくる。

札差は黙っていても儲かる、ぼろい商売にほかならない。

ときには、血走った危ない目つきの侍もやってくる。

魔除けのためか、柱の上方や鴨居《かもい》には千社札《せんじゃふだ》が何枚も貼ってあった。

千社札とは題名納札《だいめいのうさつ》とも称されるとおり、本来は寺社の社殿や山門に貼り、みずからの分身としてお籠《こ》もりさせることで功徳《くどく》を得ようとするものだ。姓名や屋号を札に書くのはこのためで、なるべく高いところへ貼ると御利益を得やすいともいう。

いずれにしろ、寺社の堂宇《どうう》に貼らねば効果はないはずだが、まるで、伊勢屋の建物そのものに神仏が宿っているかのようなやり方である。注意深く観察してみると、神棚に対《つい》の白狐《びゃっこ》が祀《まつ》られており、稲荷明神の霊験《れいげん》を高める意図があることに気づかされた。

先客ふたりが逃げるようにいなくなると、半四郎は大股で格子に近づいた。

「番頭さんかい」

「へえ、何か」

「こっちの御用でな」

十手をちらつかせると、番頭は訝《いぶか》しげな顔で奥へ引っこんだ。

しばらく待たされたのち、板間の奥から別の男があらわれた。

年は三十の後半か、場数を踏んだ者の凄味を感じさせる浪人者で、頬に三寸ほどの金瘡《きず》がある。

「拙者がお相手いたそう」

浪人者は板間に膝を折り、両刀を右脇に置いた。

半四郎は上がり框に半身で腰掛け、十手を右脇に置く。

その様子をじっくり観察しながら、浪人者は重々しく発した。

「拙者は備州《びしゅう》浪人、小野沢源吾《おのざわげんご》。伊勢屋の対談方《たいだんがた》でござる」

対談方とは蔵宿師を撃退すべく、札差が雇った食客《しょっかく》と考えればよい。

剣の腕と肝の太さ、両方を兼ねそなえた者でなければつとまらなかった。

伊勢屋が鯉屋殺しを依頼するとなればまず、まちがいなく、この男であろう。

「失礼ですが、そちらは」

「申しおくれました。南町奉行所定廻りの八尾半四郎でござる」

「八尾どの。して、ご用件は」

「蔵宿師の岩蔵をご存知かな」

「般若の岩蔵ですな、存じておりますよ。月にいちどはここに訪れ、ごたくをならべて去ってゆきます。背中に大仰《おおぎょう》な刺青を彫っており、いちどならず披露《ひろう》してゆきましたが、虚仮威《こけおど》しにもならぬ。まあ、蔵宿師のなかでも最低の部類でしょうな。岩蔵がどうかしましたか」

「ちと、本人に訊ねたいことがあります。ねぐらはご存知でしょうか」

「はて、公事宿《くじやど》を転々としておりましたからな」

「こちらに顔をみせたら、知らせていただけませんか」

「かまいませんよ」

「ところで、伊勢屋のご主人はご不在かな」

「忙《せわ》しない身ゆえ、ほとんど店にはおりませぬ」

「そうですか」

「主人に何か」

「いえ、別に」

ただ、顔をみておきたかっただけだ。

半四郎は一礼し、敷居の外へ逃れた。

大路を南へすすんで茅町《かやちょう》のさきで神田川へぶつかり、左手に曲がって柳橋へむかう。

夕月楼の金兵衛ならば、伊勢屋のことを詳しく知っているかもしれないとおもった。それに、このところの鬱々《うつうつ》とした気分を吹きとばすには、川柳でもひねるにかぎる。

夕月楼を訪ねてみると、金兵衛は待ちかねていたように出迎えてくれた。

「これはこれは、屁尾酢河岸《へおすかし》どの。そろそろ、おみえになるころかとお待ち申しあげておりましたぞ」

「号で呼ばれるのは久しぶりだな、一刻藻股千どの」

「ふっふ、いかがです。泥鰌鍋《どじょうなべ》で一杯、日の高いうちから飲《や》るってのは」

「いいねえ」

「では、仕度をさせましょう」

半四郎は坪庭のみえる奥座敷へ招じられた。

「ほう、紫陽花《あじさい》が満開だな」

「赤紫から濃い青に変わりつつあります」

「一句できたぞ」

「聞きましょう」

「浮気者、赤から青に顔変わり」

かたんと、鹿威《ししおど》しが鳴った。

「ふふ、呑んべえ亭主の弱り顔が目に浮かぶ。のっけからやりますなあ」

金兵衛が嬉しそうに手を叩く。

訪ねてきて良かったなと、半四郎はおもった。

「浮気者と申せば、仙三から鳥殺しのはなしを聞きましたぞ」

「おう、そうか」

「女郎のまことと四角い卵、あれば晦日《みそか》に月が出るとは、よく言ったものです」

「それでも、遊女の嘘に引っかかる莫迦な男は世の中にごまんといる」

「おまつさんの御舎弟《ごしゃてい》も、どうやら、そのおひとりだったとか」

「ふむ、それでおもいだした。おまつどののご亭主も呼ぼうではないか」

「そうできれば、とっくにそうしておりますよ」

「ん、どうかしたのか」

「じつはかの浅間三左衛門さま、重い荷物を担いでぎっくり腰になりましてな、起きあがることもままならぬご様子」

「それは気の毒な」

「骨接《ほねつ》ぎ医者をご紹介したところです」

「骨接ぎ医者か」

「千住の名倉《なぐら》で修業した腕の良いお医者です。それが何か」

「いやなに、母上が従前から首を痛がっておってな、寝違えたのであろうと軽く考えておったのだが、どうもそうではなく、骨と骨がずれておるような気配なのさ」

「ちょうどよい。されば照降町から八丁堀へまわっていただくよう、先生にお声を掛けさせておきますよ」

笠倉玄悦《かさくらげんえつ》、それが北鞘町《きたさやちょう》に住む骨接ぎ医者の姓名らしい。

「交換納札《こうかんのうさつ》の寄合で知りあいましてな」

「交換納札といえば千社札集めか。金兵衛にそんな趣味があったとはな」

半四郎の脳裏に、伊勢屋の柱や鴨居に貼られた千社札が浮かんだ。

が、あちらは貼ることで功徳を期待する題名納札、こちらは集めることで蒐《しゅう》集《しゅう》癖《へき》を満たそうとする交換納札、おなじ千社札でもまったく目的の異なるものと考えてよい。

「これがなかなかに奥が深い。このごろの流行は浮世絵札です。当代随一の絵師歌川豊国《うたがわとよくに》が描いたものともなれば、それはもう、金に糸目を付けぬという好事家《こうずか》がいくらでもおりましてな。玄悦先生なぞもそのひとりにござります」

「ふうん」

「あまり興味がおありでない」

「まあな、金の掛かる趣味は好かぬ。投句はただも同然だから良いのだ」

「それも一理。ともあれ、玄悦先生をご母堂《ぼどう》さまのところへ行かせましょう」

「ありがたい、よろしく頼む」

拝んだ拍子《ひょうし》に、半四郎はぶひっと屁《ひ》を放った。

「うひぇっ」

金兵衛は畳にひっくりかえり、苦しそうに咳《せ》きこんだ。

「おい、大丈夫か」

「ご、ご心配なく……いやあ、死ぬかとおもいました。号にしただけあって、あいかわらず臭え屁だ。へへ、何やら懐かしい臭いを嗅がさせてもらいました」

「屁を放って句をひねる。酒を呑んでまた屁を放《はな》ち、川柳をひねりだす」

「さよう、それこそが長生きの秘訣」

「ところで、鳥殺しの花魁のはなしだが、札差の伊勢屋十兵衛は知っておろうか」

「存じておりますとも。十兵衛は高慢ちきな札差のなかの札差、金の亡者、血も涙もない還暦の太っちょ」

「最悪な男ではないか」

「そりゃもう、生きててほしくないほどです。聞かれるまえに言っときますけど、蔵宿師の岩蔵も存じておりますよ」

「まことか」

「ええ、以前は直参《じきさん》の御家人だったとかで、伊勢屋にはいささか恨みがあると聞いたことがあります」

「ほほう」

「背中に彫った般若の刺青。本人はそれが情婦だと言いはっておるようですが、じつは、貧乏暮らしに耐えかねて首を縊《くく》った妻女なのだとか」

「なるほどなあ」

「ま、これも風聞ですので、どこまでが真実かわかりませんけど」

鹿脅しが響き、半四郎は坪庭に咲く紫陽花に目を遣った。

どうも今日は酔えそうにないと、そんな気がしてならなかった。

五

浜町河岸を北のほうに遡《さかのぼ》ると、馬喰町《ばくろちょう》へたどりつく。

夕月楼で酒を二升ほど啖《くら》い、泥のように眠った翌早朝。

馬喰町に軒をつらねる公事宿の一室で、岩蔵の斬殺死体がみつかった。

遺骸の背中いっぱいに、極彩色の般若が彫ってあった。岩蔵にまちがいない。

半四郎は、般若の右目から血の涙が流れた痕跡《こんせき》をみつけた。

右目はちょうど心ノ臓と重なっていた。正面から突きたてられた刀の尖端が心ノ臓を串刺《くしざ》しにし、背中の皮膚を破って突きぬけたのだ。

手口から推《お》すと、そうとうな手練《てだ》れとみてよい。

伊勢屋に雇われた小野沢源吾の顔がすぐに浮かんだ。

なるほど、蔵宿師の岩蔵には殺される理由があった。

しかし腑《ふ》に落ちないのは、この身が伊勢屋を訪れた直後に殺害されたことだ。町奉行所の動きを警戒し、先手を打って凶行におよんだとも考えられる。岩蔵は鯉屋殺しについて、何かを知っていたのだ。下手人だったのかもしれない。


どっちにしろ、岩蔵の死によって探索の糸は切れてしまった。

半四郎は血腥《ちなまぐさ》い公事宿から逃れ、外の空気を吸った。

夜が明けたばかりで、あたりには乳色の朝靄《あさもや》がたちこめている。

川端にある稲荷の祠《ほこら》が霞《かす》んでみえ、路傍には白い十字の花が咲いていた。

「どくだみか」

目立たない野草だが、梅雨時に可憐な花を咲かせる。幅広い薬効から十薬《じゅうやく》の別名でも呼ばれ、葉は腫《は》れ物《もの》に貼付したりする。

半四郎は屈んで葉を摘み、両手で揉みあわせた。

検屍の際に血で穢《けが》れた手を、浄めようとおもったのだ。

独特の臭気を嗅ぎながら歩み、大路を曲がって魚河岸へむかう。

本船町《ほんふなちょう》にある鯉屋を訪ね、寡婦《かふ》のおときにはなしを聞こうとおもった。

仙三が調べたとおり、女房のおときと次男の孝二郎にも太郎次を殺める理由はあった。

それを確かめてみるのも、無駄ではあるまい。

本船町は、江戸屈指の喧噪を誇る魚河岸に接している。

競《せ》りはもう終わったが、魚河岸の一帯は河岸で働く連中や仲買人《なかがいにん》たちでごった返していた。

鯉屋はただ一軒、喧噪からぽつんと取りのこされたように建っていた。

白黒の幔幕《まんまく》が張られた入口には、忌中《きちゅう》の紙が貼ってある。

今夜は太郎次の初七日であった。

抹香《まっこう》臭さに誘われて踏みこむと、丁稚を叱りつけていた片化粧《かたげしょう》の年増が振りむいた。

髪は濡れ烏のようで、喪服《もふく》に身を固めている。

おときであろう。

口をぽかんと開け、虚《うつ》ろな眼差しをむけてくる。

「おときさんかい」

「へえ」

「定廻りの八尾半四郎だ。亡くなったご主人の件で尋ねたいことがあるんだが」

「お役人さまにおはなしすることは、もう何もありませんけど」

同役の廻り方が訪ねてきたのだろう。半四郎はそれすら知らない。誰も何も教えてくれないことに、少し腹が立った。

「まあ、いいじゃねえか。茶でも出してくれや」

半四郎はわざとぞんざいな口を利き、上がり框に腰をおろした。

やがて、茶碗がとんと置かれ、湯気のむこうに仏頂面《ぶっちょうづら》のおときが座った。いかにも悋気の強そうな狐目の痩《や》せた女だ。

ずずっと茶を啜り、半四郎は切りだした。

「店のほうはでえじょうぶかい」

「へえ、孝一郎がしっかりしておりますもので」

「そいつはよかった。早く嫁を迎えるこったな」

「へえ」

「次男坊の孝二郎はどうしてる」

「どうして、孝二郎のことを聞かれるのです」

「言っちゃわりいが、穀潰しだって評判だぜ。久離を切られる寸前までいったっていうじゃねえか」

「父親があんなふうに死んじまってからは、改心いたしましたよ」

「ほうかい、猫かぶってんじゃねえだろうなあ。ふふ、まあいいや。旦那が殺められた晩のことを教えてもらおうか」

「あの晩は寄合がありまして、浮世小路《うきよしょうじ》の百川《ももかわ》までまいりました」

「百川、料理茶屋かい」

「へえ」

家を出たのは暮れ六つ過ぎ、それっきり、太郎次は帰らぬひととなった。

夕餉は太郎次ひとりを除き、おときに息子ふたり、それに住みこみの使用人たちもふくめて全員で食べた。使用人たちに聞いてもらえば、孝一郎や孝二郎が一晩中家にいたことは証明できるという。

「誤解せんでくれ。おぬしらを疑っておるわけではないのだ」

「別のお役人さまにも、そう言われましたよ」

「ところで、その寄合ってのは魚問屋仲間の」

「いいえ、千社札の交換会ですよ」

月にいちど高級料理茶屋の大広間を借りきって催され、江戸じゅうから金持ちの好事家たちが集まってくるという。

「ほほう」

意外なところで千社札が登場したので、半四郎は驚かされた。

「千社札なんぞのどこがいいのか、わたしにはさっぱりわかりませんけど、あのひとは何やらせっせと集めておりました。これがけっこう、莫迦にならないお値段なんです」

「廓遊びよりゃましだろう」

何気なく吐いた台詞が、おときの胸にぐさりと刺さった。

蒼白い額に縦皺を寄せ、むっつり黙りこんでしまう。

半四郎はたたみかけた。

「小紫を身請けする腹だったっていうじゃねえか」

おときは俯き、恨みの籠もった声で応じた。

「どこぞのお大名でもあるまいに、三千両の樽代なんて莫迦げておりますよ。無茶なことはやめとくれと泣いて頼んでも、あのひとは取りあってもくれませんでした。札差の伊勢屋さんと張りあって後に引けなくなった。こうなれば商人の意地、鯉屋の身代がかたむいても小紫を請けだしてやると息巻き、あの晩も肩を怒らせながら出ていったのでございます……う、うう」

「おいおい、泣くのはよしてくれ」

「は、はい」

半四郎は何やら、おときが可哀相《かわいそう》になってきた。

太郎次を恨んでいたとしても、一線は越えられなかったにちがいない。

「もういちど、あの晩のことをおもいだしてくれねえか。旦那に何か変わった様子はなかったかい」

「そういえば……今宵はめずらしい出物がある。五十両出しても豊国の二丁札《にちようふだ》を手に入れねばなるまいと、ひとりごとのようにつぶやいておりました」

「歌川豊国の二丁札か」

それがどういう代物なのかはわからない。

少なくとも、太郎次の遺骸からはみつからなかった。

千社札の大きさは縦四寸八分、横一寸六分、これが一丁札と呼ばれる通常の規格で、二丁札とは一丁札を縦に二枚並べて貼りつけた交換納札のことだ。稀《まれ》には八丁札や十六丁札といった大物まであり、図案化された文字と絵柄によって江戸者の好きな粋と洒落《しやれ》が余すところなく表現された逸品も数多い。

太郎次に五十両出しても欲しいと言わせた二丁札とは、いったいどのような逸品なのか、半四郎はお目に掛かりたいとおもった。

おときが口を開いた。

「そういえば、寄合には伊勢屋の旦那もおられたはずです」

「なに、伊勢屋も千社札を集めているのか」

「どっちがさきかはわかりませんがね、うちのひとと伊勢屋の旦那は交換会でも張りあっていたと聞きました」

「ほほう」

交換会の様子は、百川で訊けばわかるかもしれない。

百川は日本橋でも有名な高級料理茶屋で、半四郎は女将と顔見知りだった。

「お役人さま、よろしゅうござりますか。もう喋ることなんか、これっぽっちもありません」

「ありがとうよ、無理強いさせてわるかったな」

半四郎はころりと態度を変え、優しいことばを掛けてやった。

「おときさんよ、いくら強がってみせても、心んなかで泣いているんじゃねえのかい。さぞ口惜しかろうよ、旦那をあんなふうに殺されちまうなんてなあ。待ってな、おれが下手人を挙げてやる。この十手に掛けて嘘は言わねえ」

「あ……ありがとう存じます。お役人さま、どうか、どうか……よろしくお願いいたします」

おときは涙ぐみながら、米搗《こめつ》き飛蝗《ばった》のようにお辞儀を繰りかえす。

鯉屋殺しに千社札が絡んでいるとしたら、これまで描いていた筋書きとはかなりちがったものになってくる。

いずれにしろ、伊勢屋十兵衛に逢わねばなるまい。

半四郎の同心魂《だましい》に火が点いた。

六

百川の女将は撫子《なでしこ》といい、以前は吉原の花魁だった。

料理も裁縫《さいほう》もできぬ世間知らずの籠の鳥が運良く身請けされ、高級料理茶屋の女将におさまって生まれ変わった。料理や接客に天賦《てんぷ》の才を発揮し、料理茶屋を盛りたて、女将なしでは百川は立ちゆかぬとまで評されるようになったのだ。

撫子女将によれば、交換納札の寄合があった晩、大広間に集まった好事家の数は二十人ほどであったという。ほとんどは大店の主人や御殿医《ごてんい》などの金満家ばかりだ。

当夜、売りに出された交換納札には珍品が多く、そのなかには歌川豊国の描いた二丁札もふくまれていた。

競りおとしたのはほかならぬ、鯉屋太郎次である。

すなわち、太郎次は殺された晩、二丁札を財布に仕舞い、首からだいじにぶらさげて店を出たはずだった。

半四郎は仙三にも協力させ、寄合がはけたあとの太郎次の足取りを追ってみた。そして、浮世小路で百川の客をよく乗せる宿駕籠の担ぎ手から、有力な手懸かりを得ることができた。

浮世小路と店のある本船町は目と鼻のさきだが、太郎次は百川を出ると駕籠に乗り、堀川のほうへと走らせた。

といっても、遠くではない。

むかったさきは大路をふたつばかり越えた一石橋《いちこくばし》のたもと、北鞘町の一角だった。

そこに腕の良い「名倉」が看板を掲げていると、駕籠かきは言った。

――笠倉玄悦。

という名を聞いて、半四郎は耳をぴくっと動かした。

百川に戻って女将に確かめると、寄合の客には玄悦の顔もあったという。夕月楼の金兵衛によれば、骨接ぎ医者は千社札の蒐集家でもあった。

太郎次の無惨な遺骸が、ぽっと脳裏に浮かんだ。

骨接ぎ医者であれば、首を捻る程度のことは平気でやってのけよう。

「くそっ」

唐突に、絹代のことをおもいだした。

午後、玄悦は母の治療にやってくる。

——ごおん。

八つ刻（午後二時）を報せる鐘が鳴った。

半四郎は焦る気持ちを抑えかね、八丁堀の七軒町《しちけんちょう》にある組屋敷へ飛んで帰った。露地裏の近道を抜け、おなじような平屋が並ぶ組屋敷の門前を通りすぎ、玄関に百日紅《さるすべり》の植わった家へ飛びこんでゆく。

「母上、母上」

汗みずくで叫ぶと、絹代が廊下のむこうから白い顔を差しだした。

「半四郎かえ、ずいぶんお早いお帰りだこと」

「名倉は……骨接ぎ医者はどうなされました」

「疾《と》うに帰られましたよ。おかげさまで首はずいぶん楽になりました。玄悦先生は評判どおりのお方ですね」

「さようでしたか」

半四郎はほっと溜息を吐き、踵をかえそうとした。

「おや、またお出掛けですか。すこしお待ちなされ」

絹代は居ずまいをただし、滑るように近づいてくると、廊下にちんと正座した。

「母上、雪駄《せった》を脱いでいる暇がありませぬ」

「なれば、そこで立って聞きなされ」

「はあ」

「そなたの伯父半兵衛どのから、良いおはなしをいただきました。ご縁談です。先様は半兵衛どのが風烈見廻り役に勤《いそ》しんでおられたころからのご友人で鶴岡亀《つるおかかめ》右衛門《えもん》どのがご息女八千代《やちよ》どの。お年は二十五だそうですが、御三卿《ごさんきょう》一橋《ひとつばし》さまの上屋敷でお女中奉公をなされたご経験もおありだとか。鶴岡八千代という今のお名もおめでたいけれど、八尾八千代というお名前も、末広がりの八が並んだ縁起の良いお名、これも何かの縁かとおもうのですが」

「母上、おはなしは今夜にでもゆっくりお聞きいたします」

「されば、半兵衛どのにはお受けするとご返事申しあげておきましょう」

「お待ちを」

「何を待つのです」

「易々《やすやす》とご返事されては困ります」

「なぜ」

「名だけで生涯の伴侶《はんりょ》を決めたくはありません」

「またそのような我儘《わがまま》を。ご近所を見渡してごらんなされ、二十八にもなって独り身なのはおまえさまだけですよ。みなさまから嫁を迎えられぬ事情でもあるのではないかと勘ぐられ、母は恥ずかしいやら情けないやら、それもこれも、おまえさまがいつまで経っても煮えきらぬせいです。少しはぴしっとしていただかないと。それとも、まだあの雪乃とか申す猛々《たけだけ》しいおなごに未練がおありなのかえ」

半四郎は黙して応じない。

絹代は溜息を吐き、尻をすっともちあげた。

「勝手におし。半兵衛どのにはお断り申しあげておきます」

半四郎は一礼し、ふてくされた顔で外へ飛びだした。

絹代の口から雪乃の名が発せられた途端、胸が苦しくなってきた。

肝心の本人からは相手にもされず、母も気に入っている様子はない。

これではとうてい、ふたりが結ばれるはずはなかろう。

何やら惨めになってくる。

雪乃は鯉屋の抜け荷を調べていたはずだが、何の情報も寄こそうとしない。

もう調べるのをやめてしまったのだろうか。

太郎次の死と抜け荷は関わりがないというのか。

しばらく歩んで、ふと、振りかえれば、紅色の花を咲かせた百日紅のしたに、絹代が袂《たもと》で目頭を押さえながら佇んでいた。

雪乃をあきらめるしかないのかと、このときはじめておもいかけ、半四郎は情けないことに泣きたくなってきた。

それにしても、笠倉玄悦とは何者なのだ。

太郎次が宿駕籠でむかったということは、ふたりは顔見知りだったにちがいない。

半四郎は、玄悦が太郎次を殺めたのかもしれぬと考えた。

ひょっとしたら、豊国の二丁札欲しさにやったのだろうか。

いや、たかが千社札ごときで人を殺めるとはおもえぬ。

下手人だとしても、別の理由があったはずだ。

一方、岩蔵の名が書かれた起請文の件も解決していない。

何者かが太郎次の財布に滑り込ませたとすれば、狙いは何か。

岩蔵を下手人に仕立てあげようとしたにしても、なぜ、そうする必要があったのか。

疑問はつぎからつぎに溢れ、膨《ふく》らむばかりだ。

半四郎は、降りはじめた霧雨《きりさめ》に月代《さかやき》を濡らしている。

坂本町《さかもとちょう》の海賊橋《かいぞくばし》を渡って青物町《あおものちょう》を抜け、気づいてみると、一石橋の手前にたどりついていた。

七

笠倉玄悦の自邸は、蔵のような堂々とした構えの屋敷だった。

いくら腕の良い骨接ぎ医者でも、治療代だけでこれほど大きな屋敷が借りられるとはおもえない。

怪しいなと、半四郎はおもった。

敷居のむこうは薄暗く、案内に出てくる者もいない。

「留守かな」

ぽつりとこぼしたところへ、顎髭《あごひげ》を生やした熊《くま》のような大男があらわれた。

霜《しも》のまじった髪を茶筅《ちゃせん》に縛り、灰色の単衣《ひとえ》に黒い帯を締めている。

人懐こそうな眸子をしているが、所作には一分の隙もない。

筒袖《つつそで》からは、丸太のような腕がのぞいている。

こほんと、半四郎は咳払いを放った。

「玄悦どのですな」

「いかにも、そうだが」

「八尾半四郎と申します。母がお世話になりました」

「おう、八丁堀の」

「はい、母は首が楽になったと喜んでおります」

「それはよかった。されど、明日になればまた痛みは戻る。首の節は厄介でな、
せめて半月にいちどは治療せぬと」

「困りましたな」

「できるかぎり診てつかわそう」

「ありがとう存じます」

「いやなに、夕月楼の楼主から紹介いただいた手前もあるし、ぞんざいにはできぬ」

「金兵衛とはどこでお知りあいに」

「この春、千住のほうから越してまいりましてな。たしか浮世小路の百川であったか、交換納札の寄合でたまさか知りあいになったのです。寄合で二、三度お会いするうちに意気投合し、夕月楼へも数度足をはこびました」

「なるほど、千社札がきっかけですか」

「ご興味がおありか」

「ええ、まあ」

咄嗟《とっさ》に嘘を吐いた。

「みてのとおりの十手持ちゆえ、寄合へ顔を出すのは遠慮しておりますが、密かに集めております」

「ほほう、どのような札をおもちかな」

「豊国の描いた役者絵の二丁札とか」

「それは珍品」

「なんでも先日、百川で競りおとされたなかにもあったとか」

玄悦は一瞬、ぎろりと目を剝いた。

背筋に寒気が走る。

こいつは修羅場《しゅらば》をくぐってきた男だなと、半四郎は直感した。

「ま、札集めに関しては駆け出しもよいところなので、玄悦どのにご教授いただきたいものです」

「それは構わぬが、あれは金の掛かる嗜《たしな》みですぞ、うわっはっは」

玄悦は関羽《かんう》のごとく豪快に笑い、気のない顔で酒でも呑むかと問いかけてきた。

要するに、帰れという意味だ。

「母のお礼に立ちよっただけなので、遠慮させていただきます」

半四郎は丁重に断り、大きな屋敷をあとにした。

さて、笠倉玄悦への疑念は深まったものの、あくまでも憶測の範疇《はんちゅう》でしかない。つぎに行くべきところは蔵前の伊勢屋とさだめ、雨に打たれて歩むのも鬱陶しいので、一石橋の船着場へおもむいた。

栈橋《さんばし》の周囲には、猪牙《ちょき》や屋根船が何艘も待ちかまえている。

船頭たちは男の客とみれば「北国《ほっこく》（吉原）か、辰巳《たつみ》（深川）か、南品《なんぴん》（品川）か」と尋ねてくるのだが、さすがに同心の風体は見誤りようもなく、目を合わせぬようにやりすごそうとする。

どの猪牙にするか物色していると、背後から誰かに声を掛けられた。

「お役人さま、お待ちください」

「ん」

深々とお辞儀をしてみせるのは、瓜実顔《うりざねがお》の若い男だ。

「手前は鯉屋の次男坊、孝二郎にございます」

「なに」

半四郎は驚き、孝二郎の顔をまじまじと眺めた。

「ほう、おぬしがなあ。わしを跟《つ》けたのか」

「申し訳ございませぬ。八丁堀のお宅へ伺ったのですが、お訪ねする勇気がもてず」

北鞘町まで跟け、半四郎が玄悦邸から出てくるまでじっと待っていたらしい。

「母のおときに、ご信頼のできるお役人さまだと教わりました。不躾《ぶしつけ》なこととは存じますが、おはなしを聞いていただけませぬか」

「何のはなしだ」

「鯉屋太郎次殺しに岩蔵殺し。すべてでございます」

「ほう」

どんなはなしが聞けるのか、好奇心を擽《くすぐ》られた。

「猪牙では船頭にはなしを聞かれます。あちらの屋根船に乗りましょう」

「ふむ」

最初から川へ出るつもりでいたのか、孝二郎は無駄な動きひとつみせず、半四郎を屋根船へ導いた。

「船頭さん、とりあえずは柳橋にでもむかっておくれ」

「へえい」

手早く纜《ともづな》が解かれ、船首が川面を滑りはじめる。

屋根船は猪牙とちがって船足も遅く、雨の日本橋川をのたりのたりと南下しはじめた。

孝二郎は竹筒からひとくち水を呑み、堰《せき》をきったように喋りはじめた。

「じつは、兄の孝一郎に命を狙われております」

「なんだと」

「嘘じゃありません、岩蔵も殺られました。つぎは手前の番なんです。助けてください、後生です。ほかに頼るお方もございません」

「よしよし、わかったから落ちつけ。ゆっくり最初からはなしてみろ」

「すべてをはなせと申されるのなら、手前の犯した罪も喋らねばなりません。でも、訴人《そにん》をすれば、罪には問われないと聞きました」

「ああ、そうだ。その手で人を殺めたのでなければ、お上はたいていの罪を大目にみてくれる。さあ、水を呑んで口を湿らせろ」

孝二郎は竹筒をかたむけ、うわずった口調で喋りだした。

「殺された養父の太郎次は、御禁制《ごきんせい》の品を売買する抜け荷に加担しておりました」

のっけから大上段に構えられ、おもわず、半四郎も身構える。

鯉屋は自前の荷船を所有しており、地方の大名領海でとれた魚を加工して樽に詰め、江戸へ運ぶ商いも請け負っていた。この荷船を利用し、唐渡《からわた》りの薬種や玉石などといった御禁制の品々を、魚樽の底に隠して運びこんでいたというのだ。

まさに、雪乃が追っていた内容ではないか。半四郎は空唾を呑みこんだ。

鯉屋は幕府御用達の鑑札を所持しているので、船奉行から調べられる恐れはまずない。荷船は銚子《ちょうし》沖《おき》や下田《しもだ》沖で密輸船と交易し、何食わぬ顔で江戸湾へはいってくる。御禁制の品々が荷揚げされるその場所こそが、あやめ河岸にほかならなかった。

「伊勢屋十兵衛も一枚かんでおります」

孝二郎の説明では、鯉屋と伊勢屋は蜜月《みつげつ》の関わりにあった。小紫を請けだす件でも交換納札の場でも張りあい、世間では犬猿の仲とおもわれているが、すべては抜け荷の事実を隠蔽《いんぺい》するための狂言だったというのだ。

「まさか、信じられぬ」

鯉屋が運搬を受けもち、伊勢屋が密輸船への代金支払いをおこなう。両者のほかに、洋上で密輸船と接触する仲介人《ちゅうかいにん》が存在する。仲介人は舸子《かこ》と荷役夫を手配し、入手できた御禁制の品々を売りさばく役割をも負っている。

この仲介人こそが、笠倉玄悦なのだと、孝二郎は言う。

「素姓はよくわかりません。表向きは骨接ぎ医者の看板を掲げつつ、どこぞの貸元《かしもと》とつるんでいるのでしょう」

鯉屋、伊勢屋、そして玄悦、三者は三すくみの関わり、どれひとつ欠けても悪事は成立しない。こうした抜け荷がいつごろからはじまったのかは判然としないものの、月にいちどの間隔でおこなわれてきたという。

孝二郎はからくりの全容を知り、甘い汁を吸おうと企《たく》らんだ。

そして、賭場で知りあった岩蔵に相談をもちこんだのである。

「岩蔵は名うての蔵宿師、抜け荷の件で伊勢屋を脅せば、大金を手にできる。そうおもったのです」

孝二郎は内証から遊び金をくすねては吉原へ通いつめ、血の繋がっていない父親への当てつけから、三浦屋の小紫を買いつづけた。抜け荷についても、小紫と交わした寝物語で知ったという。当の小紫はからくりを理解しているわけではなかったが、太郎次と伊勢屋の両方からそれらしき自慢話をされ、唐渡りの玉石などを貰ったこともあったらしい。

岩蔵も孝二郎のつてで三浦屋へ登楼し、小紫を何度か買っていた。

伊勢屋に脅しをかけたのは、今から半月ほどまえのはなしだ。

「あらかじめ抜け荷の品を手に入れておき、これが動かぬ証拠だとつきつけて脅したところ、百両ばかしの金を引きだすことができました。それに味を占めて二度、三度」

「欲を掻いたのが命を縮める原因《もと》になったか」

「はい」

「よし、順番に訊こう。太郎次を殺めたのは誰だ」

「笠倉玄悦かと」

「なぜ、殺めねばならなかったのだ」

岩蔵が伊勢屋に脅しをかけた時点から、歯車が妙な方向へまわりだした。

太郎次はそのはなしを小耳に挟み、金輪際《こんりんざい》、悪事に手を染めたくはないと、弱気な口調で小紫に洩らしていたという。

「伊勢屋と玄悦にも、もうやめたいと訴えたのでしょう。ふたりは弱腰の太郎次に不信を抱き、捨てる肚を決めた。が、荷船だけは確保しておきたい。そこで、太郎次の身代わりとして使うべく、兄の孝一郎を脅しつけ、仲間に引きいれることに成功したのです」

それがわかったのは、太郎次が殺されたあとだった。なぜかは知らぬが、抜け荷の取引は交換納札の寄合がおこなわれた五日後にいつもおこなわれていた。

「一昨日《おとつい》の晩です」

太郎次の死で取引は中止になったのではないか、と孝二郎が半信半疑ながらもあやめ河岸へ出向いてみると、暗闇のなかで荷揚げ作業は粛々《しゆくしゆく》とすすめられており、死んだ太郎次に替わって兄の孝一郎が荷役夫の仕事ぶりを監視していたのだという。

「おぬしの養父は用無しになった。それで殺されたというわけか」

半四郎は孝二郎に、遺骸からみつかった起請文のことを告げてやった。

「そいつは初耳ですが、たぶん、伊勢屋が小紫に書かせた起請文でしょう」

小紫が事情も知らされずに書いた起請文は、伊勢屋から玄悦に手渡された。そして、寄合の晩、玄悦は巧みに太郎次を誘い、殺したうえで財布に挟み、遺骸を日本橋川に流したのだ。そのまま、海に流されて魚の餌になってしまえばそれまで、万が一遺骸が発見されても、起請文に記された名から岩蔵に殺しの嫌疑が掛かる。

「けっ、まわりくどいことをしやがって」

ふと、豊国の二丁札はどうなってしまったのか、という疑問が浮かんだ。

が、すぐさま、櫓《ろ》を漕《こ》ぐ音に掻きけされてしまう。

ともあれ、起請文を抱かされた遺骸は箱崎川を経由し、奇しくも、あやめ河岸の浅瀬に引っかかった。

「それを聞いたときは、ぞっとしました。まるで、養父が抜け荷のことを世間に知らしめようとしているかのようで」

　孝二郎は目を落とし、淡々とつづける。

「岩蔵は太郎次殺しの下手人に仕立てられ、消されちまった。やつらにしてみれば一石二鳥だったというわけです」

「殺ったのは、小野沢源吾か」

「そうだとおもいます。伊勢屋の飼い犬は一刀流《いっとうりゅう》の達人と聞きました」

「おぬしらも無謀なことをやったな」

「金に目がくらんじまったんです」

「岩蔵はたぶん、おぬしのことをばらしておらぬぞ。ああした小悪党はたいてい、自分の後《うし》ろ盾《だて》には大物が控えているとほざくものだ」

「手前もそうだとおもいます。でも、兄の孝一郎に疑われているんです。いつばれるともかぎらない、ばれたらきっと殺されます」

「じつの弟を殺すのか」

「兄は手前のことを屑《くず》だとおもっていますから、何の躊躇《ためら》いもなく殺るでしょう」

「おぬしが死ねば、事情を知らぬ母が悲しむであろう」

「おっかさんが悲しもうがどうしようが、手前は殺られちまいます。兄は血も涙もない人間ですから」

孝二郎は俯き、黙りこんでしまった。

いずれにしろ、悪党になり損ねた放蕩者《ほうとうもの》のおかげで、からくりの全容はほぼわかってきた。しかし、捕り方を動員できるだけの確たる証拠はまだない。

「伊勢屋を張りこむか」

半四郎は舷《ふなべり》に顔を突きだし、船首のむかうさきをみた。

屋根船は大川に悠々と水脈《みお》を曳き、野太い橋桁《はしげた》に支えられた大橋をくぐりぬけようとしていた。

八

紫陽花はすっかり青味を増したが、梅雨は明ける気配もない。

張りこみから三日目の晩、伊勢屋十兵衛が動いた。

いつもとちがって勝手口をつかい、抜け裏から裏通りに出て辻駕籠を拾ったのだ。

駕籠脇には用心棒よろしく、小野沢源吾も随行していた。

半四郎が見逃すはずはない。

伊勢屋と玄悦は善後策を練るべく、数日以内に接触をはかるはずだと読んでいた。

読みどおり、伊勢屋は動いたのだ。

玄悦のほうには、仙三を張りこませてあった。

おそらく、駕籠の行きつくさきで仙三と逢えるにちがいない。

脅えた兎《うさぎ》と化した孝二郎は、しばらく夕月楼で預かってもらうことにした。

真面目で商売熱心な長男の孝一郎が大それた悪事に加担し、弟の命まで狙っているとはとうていおもえない。

が、人というものは面《つら》の皮一枚では判断できないと、半四郎はおもっている。

それは伯父の半兵衛から耳に胼胝《たこ》ができるほど聞かされた教訓でもあった。

おもいがけず明らかになった抜け荷のからくりを、雪乃に告げるかどうかは悩ましいところだ。下手《へた》に動かれて危険な目にでも遭ったら困る。すべてを告げるまえに、小野沢源吾だけでもどうにかしておこうと、半四郎はおもった。

伊勢屋を乗せた辻駕籠は神田川を越えて両国広小路を突っきり、薬研堀の堀口を抜け、大川端を新大橋西詰の広小路まで一気に南下した。

このあたりには町屋がなく、川に面した道を挟んで大名屋敷の海鼠塀《なまこべい》ばかりがつづいてゆく。

「寂しいところだな」

広小路でさえも昼間の喧噪は失せ、亥ノ刻を過ぎれば閑散としたものだ。

辻駕籠は広小路を抜け、浜町堀の堀口へむかった。

気づいてみれば、あやめ河岸までやってきている。

河岸の片隅に賤ヶ屋《しずがや》があり、駕籠は入口の手前でとまった。

中洲があったころの番小屋だ。所有者はおらず、河岸で働く者たちが休憩所としてつかっている。

周囲に人影はまったく見当たらない。

賤ヶ屋の入口には、火の灯った軒行灯がひとつ掛かっていた。

駕籠は暗闇に消え、ふたつの影は小屋に吸いこまれていった。

扉が軋《きし》みながら閉まると、微かな跫音《あしおと》がひとつ近づいてきた。

「八尾さま」

「仙三か」

「へい、魚どもが網に掛かりやしたぜ」

仙三は不敵に笑ってみせるものの、小野沢と玄悦のふたりが相手では分が悪い。

今夜のところは様子を窺うだけにしようかと、弱気の虫が囁《ささや》いた。

「へへ、八尾の旦那、勝手ながら助っ人をお連れしやした」

「ん」

木蔭からゆらりとあらわれた人影をみとめ、半四郎はにやりと頬を弛めた。

摺《す》り足《あし》で近づいてきたのは、横川釜飯の狂歌号をもつ浅間三左衛門である。

「これはこれは、釜飯どの」

「やあ、お久しぶり、あいかわらず臭い屁を放っておられますかな」

「そちらこそ、ぎっくり腰はいかがです」

「小屋におる骨接ぎ医者のおかげで、すっかり良くなりました。役に立つかどうかはわからぬが、仙三に事情を聞いて捨ておけなくなりましてね」

「ありがたい、いや、感謝します」

「金兵衛さんは若い衆を寄こそうとしましたが、わたしがとめました。あまり大《おお》事《ごと》にせぬほうがよろしかろうと。ま、八尾さんとわたしとふたりおれば、たいていのことは何とかなりましょう。手に負えぬとなれば、仙三を番屋に走らせればよい」

「そうですね」

「しかし、口惜しいな」

「何がです」

「腕の良い骨接ぎ医者を、ほかにみつけなくてはならない」

「あはは、仰るとおり、うちの母もがっかりするだろうな」

「ところで、悪党どもは何の打ちあわせかな」

「つぎの抜け荷の密談でしょう」

「鯉屋の次男坊によれば、抜け荷の取引は千社札の寄合からきっちり五日後におこなわれていたとか」

「それが何か」

半四郎の問いかけに、三左衛門はうなずいた。

「なぜそうだったのか、いろいろと考えてみたものですから。鯉屋太郎次は殺された晩、寄合で二丁札を競りおとしたそうですね」

「ええ、豊国の描いた二丁札です」

「それを携えていたはずなのに、遺骸からはみつからなかった。ということはやはり、玄悦に抜きとられたとみるのが順当でしょう」

「はあ」

「ただし、玄悦は単に豊国の二丁札欲しさに盗んだのではないとおもうのです」

「他に理由があったと」

「あくまでも憶測ですがね、競りおとされた千社札が今回にかぎらず、毎回、何か一定の役割を負っていたのではないかと」

「一定の役割」

「ええ」

鯉屋と伊勢屋は犬猿の仲を装い、玄悦はふたりと接触を避けていた。大掛かりな抜け荷をおこなうにあたって、三人に接点を見出させないことが重要だった。

「取引のある密輸船がただの一隻ということはありませんよねえ」

「ええ、何隻もあるでしょう」

となれば、顔の知らない者同士で洋上取引がおこなわれたとも考えられる。

孝二郎の説明によれば、密輸船の舸子頭は洋上で玄悦に商品を渡し、しばらく日数が経ってほとぼりがさめたころ、陸へあがって伊勢屋から代金を受けとっていたらしい。商品と金の流れは別々であったにもかかわらず、取引は滞《とどこお》ることもなかった。

双方に一定の取りきめがあったにしろ、信用のできる証明書か割《わ》り符《ふ》のようなものが必要なはずだと、三左衛門は言う。

「つまり、千社札がそれではないかとおもうのです」

「なるほど」

半四郎は顔をかがやかせた。

あらかじめ、千社札は上下半分ずつに切断され、一方は玄悦が携え、もう一方は伊勢屋に預けられた。玄悦は洋上で品物を受けとる際に、相手方へ受取証替わりに千社札の半札を手渡し、その者は伊勢屋に半札を持ちこむ。双方の半札がぴたり一致すれば、代金の支払いを受けることができる。

右の決め事さえ知っていれば、顔の知らない者同士でも取引は成立する。しかも、玄悦と伊勢屋が接触せずともよいのだ。

「千社札が割り符とはな。さすが釜飯どの、読みが鋭い」

「傍目八目《おかめはちもく》と申します。脇っちょから眺めておると透けてみえることもある。ところで、豊国の二丁札はすでに使われたのでしょうか」

「ええ、孝二郎が荷揚げを目撃しておりましてね」

「それはいつ」

「今から五日前の晩です」

「寄合のきっちり五日後か」

「そういうことですね」

　すでに、抜け荷の品々は荷揚げされた。ただ、少なくともこの三日にかぎって言えば、伊勢屋に怪しい者があらわれた形跡はない。密輸船の連中が千社札の半札を携えたまま、換金に訪れていない公算は大きかった。

「釜飯どの、得体の知れぬ連中の半札と伊勢屋の半札が合致すれば、動かぬ証拠の品となりますね」

「さよう、拝んでみたいものですな、豊国の二丁札」

「それさえあれば、悪党どもを土壇へ送ることができる」

「なにはともあれ、連中に縄を打たねばなりますまい」

「ようし」

　半四郎は小鼻をぷっと膨らませ、背中から朱房の十手を引きぬいた。

　あとはどうやって三人を踏んじばるか、出てくるのを待つか、踏みこむか。

「どちらでもお好きなほうを」

三左衛門に微笑まれ、肩の力がすっと抜けた。

「踏みこみましょう。釜飯どのは裏手へまわってください。拙者が正面から鼠《ねずみ》どもを追いたてます」

「承知」

ふたりは二手に分かれ、仙三だけがその場に残った。

九

雨がしとしと降っている。

少し肌寒いほどだ。

賤ヶ屋の天窓からは、炊煙《すいえん》が立ちのぼっていた。

ころあいよしと見定め、半四郎は扉を蹴破った。

「ぬおっ」

囲炉裏《いろり》を車座に囲んだ三人が、一斉に振りむく。

半四郎は裾をからげ、毛臑《けずね》をさらした。

「悪党ども、神妙にしろい」

「何者じゃ、おぬしゃ」

立ちあがろうとするふたりを制し、伊勢屋が重厚に発した。

切れ長の血走った眸子に長太い鼻、からだつきも厳《いかつ》く、とても商人にはみえない。伊勢屋十兵衛とは、煮ても焼いても食えそうにない悪党の首魁《しゅかい》然とした男であった。年は五十前後、物腰はどっしり落ちついている。十手を翳《かざ》すだけでは動きそうにない。

「木っ端役人め、手柄欲しさに飛びこんできおったか。むふふ、捕り方がほかにおらぬところをみると、勇み足というやつじゃな」

「ほざけ、悪党め」

「証拠はあるまい、なにひとつな」

「うぬら三人雁首《がんくびそろ》揃え、あやめ河岸におるのが何よりの証拠。覚悟しな、縄あ打って拷問蔵《ごうもんぐら》に吊るしてやらあ」

「ぬほほ、やれるもんならやってみろ、不浄役人め」

伊勢屋に顎をしゃくられ、小野沢源吾がすっと腰をあげた。

無表情のまま足をはこび、上がり框のところで白刃を抜く。

薄い口をほとんど動かさず、ぼそっとつぶやいた。

「飛んで火にいる夏の虫」

「あんだと」

「おぬしの顔をみたときから、こうなる予感はあったのさ」

「そうかい、だったらひとつ教えてくれ。岩蔵を殺ったな、おめえか」

「すや……っ」

小野沢は応えるかわりに床を蹴り、中空高く舞いあがった。

身幅の広い剛刀を大上段に振りかぶり、頭蓋《ずがい》を狙って真っ向から斬りさげてくる。

「死ね」

小野派《おのは》一刀流の切り落とし、避けても肩を落とされると察し、半四郎は十手で十字に受けた。

――がしっ。

火花が散り、ずんと肩がめりこむほどの衝撃を受けた。

両足を踏んばって怺え、満身の力を籠めて押しかえす。

「猪口才《ちょこざい》な」

すかさず、水平斬りがきた。

「うっ」

ずばっと胸を裂かれ、激痛が走る。

金瘡は浅い。間髪入れず左手で脇差を抜き、そのまま投げた。

「なんの」

弾かれた。

わずかな間隙《かんげき》を衝《つ》き、小野沢の懐中へ躍りこむ。

「うぬ」

白刃が下段から薙《な》ぎあげられた。

それよりも一瞬早く、鉄の十手が籠手《こて》を砕いた。

「ぐひぇっ」

小野沢が蹲《うずくま》る。

と同時に、裏手の木戸が蹴破られ、三左衛門が飛びこんできた。

「八尾さん、平気か。待ちくたびれてしもうたぞ」

首を捻った伊勢屋の顔は、あきらかに狼狽《うろた》えている。

玄悦は乾いた唇を嘗《な》め、指の関節をぼきぼき鳴らした。

「誰かとおもえば、ぎっくり腰の浪人者か」

「さよう。おぬしのおかげで、ほれ、このとおり動かせるようになったわ」

三左衛門は腰をくいくい回し、挑発してみせる。

「やめておけ。まだまだ治療は終わっておらぬぞ」

「それにはおよばぬ」

「されば、ひとおもいに腰骨を折ってくれようか」

「それが医者の言う台詞《せりふ》かい」

「しゃらくせえ」

ひゅんと、風が走った。

羆《ひぐま》のような玄悦の体軀《たいく》が素早く動いた。

三左衛門も低い姿勢で走りぬけ、越前康継を抜きはなつ。

「いや……っ」

鍋を吊るす自在鉤《じざいかぎ》が断たれ、囲炉裏の灰が濛々《もうもう》と舞いあがった。

ふたつの影が交錯し、大きいほうが声もなく倒れる。

峰に返された三左衛門の小太刀が、太い首根を叩いたのだ。

玄悦は白目を剝いてひっくり返り、口から血泡を吹いた。

「骨が折れたかもしれん。ちと加減をあやまったかな」

三左衛門は嘯《うそぶ》き、伊勢屋をぐっと睨みつける。

さきほどの勢いはどこへやら、悪党の首魁は顎をわなわなと震わせた。

小野沢源吾は後ろ手に縛られ、猿轡《さるぐつわ》まで嵌《は》められて土間に俯している。

「八尾さん、おみごと」

三左衛門に褒《ほ》められ、半四郎は鬢を掻いた。

刹那《せつな》、伊勢屋が懐中から光るものを抜いた。

半四郎にむかって、猪《いのしし》のように突進してゆく。

「この野郎」

どんと、まともにぶちあたった。

「八尾さん」

やられたと、三左衛門はおもった。

伊勢屋は半四郎の腰を抱えている。

「うぐ、ぐぐ」

匕首《あいくち》が土間に落ち、伊勢屋が土間にずり落ちた。

血を流している。十手で額を割られ、昏倒《こんとう》してしまったのだ。

「釜飯どの、ご心配なく」

匕首はわずかも触れていない。疼《うず》くのは小野沢に斬られた胸乳《むなぢ》の金瘡だけだ。

半四郎は、にっと前歯を剝いた。

「ほら、これ」

左手の指に紙切れを挟んでいる。

「八尾さん、それはもしや」

「二丁札の上半分、豊国かもしれませんね」

「伊勢屋がそいつを後生大事に携えているってことは」

「下半分を携えているやつがまだいるってことか……仙三、おい、仙三」

半四郎は嬉々として、仙三を呼びつけた。

「何でやしょう、八尾の旦那」

「一晩中《よっぴて》、伊勢屋を張りこむぞ」

「へ、今からですかい」

「おうよ、明日も明後日も、悪党が金を貰いにのこのこやってくるまでは一睡たりともしちゃならねえぜ」

「合点でさあ」

こうなれば、金兵衛にも頼んで、若い衆を貸してもらおう。

それと並行して、半四郎は悪党三人を絞りあげねばならない。

「ぶはあっ」

突如、伊勢屋が息を吹きかえした。

「おっと気づきやがったな。やい、伊勢屋十兵衛、十露盤板《そろばんいた》に座らせて、膝に伊《い》豆石《ずいし》を積んでやるぞ。五枚も積めばたいていの悪党は音をあげる。それが厭なら早々に吐《は》いちまえ、悪行のすべてをなあ」

「そうはいくか。証拠だ証拠、動かぬ証拠をもってこい。でなきゃ、おめえのほうこそ地獄をみることになる。南北町奉行所の与力にゃ鼻薬を嗅がせている野郎が何人もいるんだ。定廻りなんぞは屁の河童《かっぱ》、鼻息ひとつで吹きとばしてやるよ」

あながち、強がりとも言えない。札差に睾丸《きんたま》を握られている役人は大勢いるのだ。

やはり、二丁札の下半分がどうしても欲しいと、半四郎はおもった。

「へへ、そういうこった。蔵前の店を張りこんでも無駄骨だぜ、海の連中は勘が良い。ちょっとでも怪しいとおもったら、まず近づかねえよ……残念だったな、若僧、そのうちにおめえも、あやめ河岸の浅瀬に浮かべてやらあ」

「ちっ、生きる資格もねえ野郎だな」

「そうおもうんなら、この場で成敗《せいばい》しちまいな。ま、おめえのような腰抜けにゃできねえ相談だろうけどな。くふ、ふははは」

あいかわらず、雨は熄《や》まずに降りつづいている。

あやめ河岸の底深い闇に、伊勢屋の高笑いが鳴りひびいた。

十

三日後。

伊勢屋が言ったとおり、密輸船からの使者はまだすがたをみせていない。

玄悦と小野沢源吾はいくら責めても口を割らず、伊勢屋も存外に強情な男でなかなか口書きを書かせようとしない。

上からの圧力もあり、そろそろ、拘留《こうりゅう》も限界に近づいてきた矢先、ひとりの人物が朗報を携えて夕月楼に颯爽とあらわれた。

雪乃である。

半四郎は三左衛門や金兵衛らと昼餉《ひるげ》を囲み、腹に卵を抱えた蝦蛄《しゃこ》なぞを食いながら、英気を養っていた。

そこへ、雪乃がおまつに連れられてやってきたのだ。

雪乃は夕月楼を知らないわけではなかったが、女ひとりで足をはこぶのが気恥ずかしい様子だった。

可愛いところがあるなと、半四郎はおもった。

あやめ河岸で太郎次の遺骸を検屍して以来の再会だが、あのときとちがって男装ではなく、つぶし島田《しまだ》を結ったうえに粋な小紋《こもん》を纏っている。

「ほう、今日はまた一段とお美しい」

三左衛門はおもわず溜息を吐き、おまつにぎろりと睨まれた。

金兵衛ならいざ知らず、三左衛門が軽口を叩くのはめずらしいことだ。

しかし、雪乃をみれば、その美しさに誰もが息を呑むだろう。

「八尾さま、こたびのご活躍、お見事にござりました」

艶やかな唇《くち》もとから労《ねぎら》いの言葉を告げられ、半四郎は腰が抜けるほど驚いた。

おまつが横から口を挟む。

「雪乃さまも、お手柄をあげられたのですよ」

船手《ふなて》奉行の協力を得て、洋上で密輸船の取り押さえに成功したのだ。

「ほう、そいつはすごい。それじゃ、みんなでぱあっとやりましょ」

金兵衛は雪乃とおまつを二階座敷へ導き、新たに酒膳を用意させた。

「御酒をいただくまえに、もうひとつ」

おまつが目配せすると、雪乃は懐中から大判の財布を抜いた。

さらに、財布から奉書紙《ほうしょがみ》に包まれた何かを、だいじそうに取りだしてみせる。

「雪乃さまにお持ちいただいたこのお品、みなさま、何だとおもわれます」

と、あくまでも、おまつが口上役を担っている。

「縄を打たれた絅子頭の所持品から、みつかったのですよ」

「ほう」

一同は膝を躙《にじ》りよせる。

雪乃が奉書紙を開くと、鮮やかな色彩の千社札があらわれた。

「ほら、歌川豊国の二丁札。ただし、まんなかで斜めに断たれた下半分です」

「お、ほんとだ。八尾さま、早く、早く」

金兵衛に促され、半四郎も懐中から大判の財布を抜いた。

おなじように奉書紙を開くと、二丁札の上半分があらわれた。

「ほら、畳のうえで上と下を合わせてくださいな」

すでに、おまつには絵柄がわかっているようだ。

豊国の二丁札が完全なかたちになり、みなの目に飛びこんできた。

右手に若い美男子の幽霊が立ち、左手には美しい遊女が泣きくずれている。卒塔婆《そとば》が立っていた。背景は墓地らしく、女のそばに「比翼塚」の文字がみえる。

「おまつどの……こ、これは」

「八尾さま、男の幽霊は白井権八、遊女は三浦屋お抱えの二代目小紫、そして、お寺は目黒の東昌寺ですよ。もうおわかりですね。小紫はどうしても鈴ヶ森で処刑された権八のことが忘れられず、お大尽に請けだされたその日、権八の墓前で咽喉《のど》を突いて果てるのです……ああ、切ない、二世《にせ》を誓った男女を偲び、ご住職は比翼塚を築きました。絵師豊国は右の逸話から想を得、二丁札に描きこんだのです」

「ふうむ」

半四郎のみならず、みなはしきりに頷いた。

二代目小紫はまことをつらぬいた遊女であったが、七代目小紫は百枚起請の烏殺し、両者は対極にあるといってよい。

雪乃は盃を干し、頰をぽっと紅く染めた。

その様子を盗み見ながら、半四郎は遠慮がちに酒を呑む。

こんどこそは、心を動かしてくれたのかもしれない。

淡い期待はどんどん膨らみ、鼓動《こどう》が高鳴ってくる。

「八尾さま、誤解なされぬように」

雪乃は絶妙の機をとらえ、きっぱりと言いきった。

「役目は役目、情とは別物、おわかりですね」

「はあ」

「わかればよろしい」

抜け荷の一件は解決したが、容易に解決できぬのは男女の仲。ふたりがいつか比翼鳥となり、雄々しく空に羽ばたいてくれることを、周囲は願わずにいられない。

雪か氷か白鷺か、普賢菩薩の再来か、美しい雪乃の肩越しに紫の花が咲いている。

あれは菖蒲か、それとも杜若か、金兵衛にあとで聞いてみよう。

半四郎は口先を尖らせ、手にした盃を近づけた。

ひょうたん

一

大川にぼんと花火が打ちあげられると、夏は盛りを迎える。
夜がやたらに短く感じられ、朝靄《あさもや》のたちこめるひんやりとした空気が心地よい。
おすずはお気に入りの赤い鼻緒《はなお》の下駄を鳴らし、長屋の露地を駈けぬけた。
裏木戸を抜け、豆腐《とうふ》売りを探す。
かぼそい腕に小桶《こおけ》を抱えていた。
靄《もや》の狭間《はざま》に人影は見当たらない。
耳を澄ませば、微《かす》かに豆腐売りの声が聞こえてくる。

おすずは子鹿《こじか》のように跳ね、四つ辻めがけて駈けだした。

「あっちだ」

小石に躓《つまず》き、転びそうになるところを何とか怺《こら》えた。

「あっ」

屈みこみ、下駄の脇に彫られた瓢簞《ひょうたん》をそっと撫でた。

「あぶない、あぶない、ひょうたん、ひょうたん」

「下駄にひょうたんは転ばぬおまじないだよ」

そう教えてくれたのは、母親のおまじないだよ」

瓢簞は下駄職人の次郎吉《じろきち》が彫ってくれた。

次郎吉の息子の庄吉はひとつ年上の十《とお》、淡い恋情《おもい》を寄せる相手だ。

四つ辻を曲がったところで、豆腐屋の背中をみつけた。

「おっちゃん」

呼びかけると、人の良さそうな親爺《おやじ》が振りむいた。

「おすず坊か」

「豆腐半丁おねがい」

「よしきた、ほいよ」

おすずは親爺に小銭を渡し、小桶に豆腐を入れてもらった。

「ありがとう」

「気をつけて帰んな」

「うん」

踵《きびす》を返し、慎重に歩みだす。

毎朝のことなので馴れてはいるが、豆腐をくずしたらたいへんだ。

それに、今朝はいつにもまして靄が深い。

四つ辻で振りかえると、豆腐売りの影は乳色の靄に溶けていた。

くうっと、腹の虫が鳴る。

さあ、急いで帰ろう。豆腐は味噌汁《みそしる》の具になるのだ。

勇んで踏みだした途端、ぶちっと鼻緒が切れた。

「あ」

前のめりに転び、地べたに両手をついた。

小桶が転がり、くずれた豆腐がこぼれでる。

おすずはべそをかきながら、豆腐を寄せて小桶にもどそうとした。

擦りむけた肘に血が滲《にじ》んでいる。痛みよりも口惜しさがさきにたち、家で待つおまつや三左衛門の顔を浮かべると、涙がぐっと溢《あふ》れてきた。

鼻緒の切れた下駄と小桶を抱え、片足でけんけんしながら板塀にむかった。

できるかどうかはわからないが、おまつがいつもやるように手拭いを裂いて鼻緒をすげようとおもった。

豆腐をどうするかは、すげたあとに考えよう。

下駄と小桶を足もとに置き、懐中から水玉の手拭いを取りだす。

裂こうとした瞬間、手が止まった。

板塀を曲がった物陰から、男女の囁《ささや》きが聞こえてきたのだ。

聞いてはいけないとおもいつつも、耳をふさぐことができない。

金縛《かなしば》りになったように、からだが動かなくなった。

「どうせなら、子をさらっちまおうよ」

「危ねえ橋は渡りたかねえな」

「子をさらって強請《ゆす》りゃ、百両や二百両は搾《しぼ》りとれるよ。なにせ、艾《もぐさ》をあつかう店じゃ知らぬ者のいない大店《おおだな》だからねえ」

「やっちまうか」

「伸《の》るか反《そ》るかだよ」

「そうだな……ところで、がきはいくつだ」

「十の男の子さ、一人っ子だし、目に入れても痛くないほど可愛がられているよ」

「ようし、段取りは」

「段取りなんざいらない。露地裏で遊んでいるところをさらってくりゃいいだけさ。要はやるかやらないか、ふたつにひとつだよ」

「へへ、さすがは鬼子母神《きしもじん》のおしげだぜ。度胸が据わってらあ」

「やるのかい」

「おうよ、こうなりゃ早えとこやっちまおう」

往来に物売りの声が響き、男女の会話はぷっつり途切れた。

おすずは板塀に張りついたまま、しばらく動けなかった。

いつのまにか靄は晴れ、往来を行き交う人影も増えてゆく。

おすずは下駄を胸に抱え、板塀から恐る恐る身を剝《は》がした。

脱兎《だっと》のごとく駈けだすと、誰かに太い声で呼びとめられた。

「お嬢ちゃん、ほら、忘れ物だぜ」

くずれた豆腐のはいった小桶を忘れてきた。

声は男のものだが、さきほどの男かどうかはよくわからない。

おすずは振りかえりもせず、跣足《はだし》で土のうえを駆けつづけた。

裏木戸を抜け、露地を突っきり、息を切らしながら部屋のまえまでやってくる。

味噌汁の匂いがして、涙が溢れてきた。

豆腐のことは自分が厭《いや》になるほど情けない。けれども、おまつの般若顔《はんにゃがお》よりも、四つ辻で聞いてしまった怖ろしいはなしのほうが心配だ。艾を売る大店の子が悪いひとたちにさらわれようとしている。そのことを一刻も早く知らせなければとおもった。

なかば開きかけた障子戸を、がらっと引きあけた。

「おすずかい、遅いじゃないか」

おまつの顔を目にした途端、おすずはたまらなくなった。

「おっかさん……」

と言ったきり、わっと泣きだしてしまう。

「どうしたんだい、膝が泥だらけじゃないか。それに肘も。転んで擦りむいたんだね」

古傘の骨を削っていた三左衛門も、心配そうに顔を差しだす。

「どうした、泣きべそなぞかいて」

「おまえさん、この子、転んじまったらしいんだよ」

「可哀相《かわいそう》に、跣足か……お、鼻緒が切れたな。どれ、すげてやろう」

三左衛門は腰を屈め、下駄をひょいと拾いあげる。

「お豆腐も買えなかったんだね」

おまつに優しく糺《ただ》され、おすずは泣きながら首を振った。

「おや、買えたのかい。買ったあとに転んだんだね」

「うん」

「小桶は」

「表通りの四つ辻に」

「忘れたのかい。まあ、いいさ」

おまつは勝手場から雑巾《ぞうきん》をもってきた。

「ほら、そこにお座り。足を拭いたげるよ」

ふだんは何でもないことが、このうえなくありがたいものに感じられた。

悪いやつらのことを早く知らせなきゃと、おもえばおもうほど言葉が咽喉《のど》に詰まって出てこない。

朝餉《あさげ》の仕度がととのった。箸を握っても、食はいっこうにすすまない。ご飯も咽喉《のど》をとおらずに俯《うつむ》いていると、おまつが心配顔で尋ねてきた。

「どうしたんだい、気分でもわるいのかい」

「おっかさん……じつはね」

と、そこへ。

折悪しく、躍りこんでくる者があった。

「てえへんだ、てえへんだ」

「おや、誰かとおもえば、髪結いの仙三さんじゃないか」

「おまつさん、てえへんです。ご舎弟《しゃてい》の又七さんが」

「あの莫迦《ばか》、また何かやらかしたのかい」

「通り者に匕首《あいくち》で斬られやした」

「え」

「ご安心を、死んじゃいねえ」

血達磨《ちだるま》の恰好《かっこう》で夕月楼へ運びこまれたらしい。

何はさておき、おまつの耳に入れねばと、仙三はすっ飛んできたのだ。

おまつと三左衛門は血相を変え、油障子も開けっ放しで外へ飛びだした。

ひとりぽつねんと残され、おすずは途方に暮れた。

二

又七は心太《ところてん》売りから子供相手の辻宝引《つじぼうび》きに転身し、江戸じゅうの裏長屋を巡《めぐ》ってけっこう小銭を稼いでいたらしい。稼いだ銭を元手に呑む打つ買うの三道楽《さんどら》煩悩《ぼんのう》にうつつを抜かし、罰《ばち》が当たった。

宿酔《ふつかよ》いで両国広小路をふらついていたら、見も知らぬ男と肩がぶつかった。すぐさま、下っ腹に焼《や》き鏝《ごて》でも突っこまれたような痛みをおぼえたという。

出血が多かったわりには、軽傷で済んだ。又七の顔を知る香具師《やし》たちが夕月楼へ運びこんでくれたおかげで、事なきを得たのである。

「まったく、人騒がせなはなしだよ」

おまつが照降長屋へ戻ってきたのは七つ刻（午後四時）、その足でばたばたと夕河岸へ買い物に出掛けてしまった。一方、三左衛門は金兵衛と明るいうちから酒を呑み交わしており、暗くなるまで帰ってこない。

おすずは朝から何も口に入れていないが、空腹ではなかった。

戸口に置かれた鉢植えの朝顔のように、萎《しお》れて元気がない。手習いも内緒で休んでしまった。お師匠さまの閻魔顔《えんまがお》を浮かべれば、いっそう鬱《ふさ》ぎこんでゆく。

やがて、おまつが買い物から帰ってきた。とおもったら、こんどは長《なが》っ尻《ちり》で有名な近所の嬶《かか》ァが瓜揉《うりも》みを手にしてあらわれた。

「おまつさん、これ、食べてよ」

「あら、いつもすみませんねえ」

「いいんだよ、うちの亭主もおまつさんにゃお世話になっているからお裾分けしてこいって。ほら、去年の暮れ、亭主の弟にお嫁さんをお世話してもらっただろう」

「それだったら、お礼はたっぷりしていただいたじゃありませんか」

「うちの亭主、したりないって言うんだよ。それに、ちょいと聞いてほしいことが」

「なあに」

「ほかでもない、亭主のことなんだけど、おまつさんの目からみてどこか変だとはおもわないかい」

「さあ、気づきませんけど」

　というより、目に入れてもいない。

「このところね、どうも怪しいんだよ。箸のあげおろしひとつにしても何かこう、ぎこちないっていうか。ふふ、なにせ連れ添って三十年ちかくは経つからね、亭主のことなら一から十までわかっちまうんだ」

「何か心配事でも」

「外に情婦《おんな》でもつくったんじゃないかとおもってね」

「まさか」

「ほら、うちのはあのとおり、みてくれのわるい禿《は》げだけど、なにせ出職《でしょく》で金回りがちょいと良いもんだから、その手の女が蛾《が》のように寄ってくるのさ」

「蛾のようにねえ」

「蝶《ちょう》じゃなくて蛾だからね、質《たち》がわるいったらありゃしない」

　そんな調子で嬶ァは居座ってしまい、ようやく帰るころには暮れ六つ（午後六時）が近づいていた。

　おまつは夕餉の仕度に忙しい。

「おっかさん、あのね」

おすずは意を決し、掠《かす》れた声を搾りだす。

そのとき、またもや、戸口に人影が立った。

「おまつさん、ちょいとごめんよ」

ひょっこり顔を出したのは赤鼻の弥兵衛《やへえ》、けちで小うるさい大家だ。

「あら、おめずらしい。どうかなすったんですか」

「又七のやつが、たいへんな目に遭ったらしいな」

「命に別状はなかったもので、ほっとひと息ついたところですよ」

「そうかい。ま、不幸中の幸いってやつだ」

又七の見舞いかとおもいきや、弥兵衛は別の用件を喋りだす。

「杉《すぎ》の森《もり》のほうから回覧がまわってきた。店子《たなこ》を一軒一軒訪ね、はなしを聞いてまわってほしいとな」

「何です、いったい」

「釜屋平六《かまやへいろく》は知っているだろう」

「存じておりますとも、杉の森新道に大店を構える艾屋さんでしょう」

「一人息子の平助《へいすけ》がいなくなっちまったんだと」

「いなくなったって、いつ」

「一刻（二時間）ばかりめえさ」

「お稲荷さんの境内で遊んでいるとか」

「それはない。平助は手習いの帰り道で煙のように消えちまったんだ」

「消えたってそんな。道草を食っているのかもしれませんよ」

「平助はそういう子じゃないらしい。決められた刻限までにゃ判で押したように帰ってきていた」

「神隠しですか」

「かもしれん。が、噂によれば釜屋はこのところ、質のわるい連中にまとわりつかれていたらしい」

「質のわるい連中って」

「金まわりが良いとみるや、ああだこうだと難癖をつけて小金を搾りとろうとする、壁蝨《だに》みてえな連中のことさ。ま、何もないとはおもうが、何かあったら自身番《じしんばん》まで知らせてくれ」

「わかりましたよ」

「世知辛《せちがら》い世の中さ。子供に罪はないってのに」

袖をひるがえす弥兵衛の背中を、おすずはじっと凝視《みつ》めた。

二八月《にはちづき》の二日にはかならず、釜屋の艾で灸《きゅう》を据えられる。無病息災に効験があるらしく、長屋の子供たちはみなそうされた。

おすずは平助のことも知っていた。同い年の庄吉がよく泣かされているからだ。

勘太《かんた》という一の手下を引きつれ、町内じゅうをいつも練りあるいている。平助は大人のまえでは猫をかぶっているものの、子供たちだけになると傲慢《ごうまん》で鼻持ちならないやつに変身した。小遣いをたっぷり貰っているので駄菓子屋の上客でもあり、菓子や玩具《おもちゃ》目当てに手下になる子供も多い。

露地裏で弱い者いじめしているところを何度もみているので、おすずは平助をあまり好きではなかった。

でも、それとこれとははなしがちがう。

平助はきっと、悪いひとたちにさらわれたのだ。

——鬼子母神のおしげ。

という女の名が、あたまのなかでぐるぐるまわっている。

「おすず……ねえ、どうしたんだい」

我に返ると、薄化粧をほどこした母親の顔が鼻先にあった。

「おまえ、ひとりでお留守番できるかい」

「う、うん」

「おっかさんはね、柳橋にまた行かなくちゃならないんだよ」

「わかってる。又七おじちゃんの様子をみにいくんでしょう」

「おまえも連れていきたいんだけど、とてもみせられたもんじゃないからね」

「うん、いいよ」

おすずにはわかっている。又七に逢わせたくないのではなく、夕月楼のような大人の遊ぶ場所へ娘を連れていきたくはないのだ。

「ごはんの仕度しといたから、ちゃんとお食べ。何なら、下駄屋の庄吉ちゃんとこへ声を掛けておこうか」

そうしてもらおうかともおもったが、弱虫におもわれたら嫌なのでやめた。

「おっかさん、わたし、ひとりでも平気だよ」

「そうかい。おまえが寝につくまでには帰ってくるつもりだから、心張棒《しんばりぼう》をしっかりしとくんだよ。何かあったら自身番へ……いいや、大声をあげてお隣さんに駈けこむんだ」

「うん、わかった。おっかさん、早く行ってあげて」

「それじゃあね」

おまつの背中を見送るのは、今日、これで何度目だろうと、おすずはおもった。

小さく溜息を吐《つ》き、お椀と香のものがならぶ箱膳を引きよせる。箸を手にしてはみたものの、食欲はわいてこない。箱膳を押しやり、また溜息を吐いた。

「どうしよう……こうなったら」

釜屋まで足をはこび、旦那さまとはなしてみようか。子供なりにそれが妙案におもえ、おすずはひょいと尻をあげた。

三

血の色に染まった空を背に、烏《からす》が飛びさってゆく。

「さあ、ございい、日没前の宝引きだ、のこりものには福がある、さあ、ございい」

四つ辻では子供相手の宝引きがおこなわれ、波銭二枚握りしめた洟垂《はなた》れどもでけっこう賑わっている。香具師《やし》が口上を述べる場所は、今朝、得体の知れない男女が悪巧《わるだく》みを相談していたあたりだ。

おすずは乾いた土の匂いを嗅ぎながら、脇目も振らずに四つ辻を駈けぬけた。

堀江町二丁目のさきから和国橋《わくにばし》を渡れば杉の森新道、釜屋は新道沿いにある。

店構えは立派で敷居は広い。奉公人も多いし、客や業者の出入りもひっきりなし、おすずは気後《きおく》れを感じながらも、勇気を振りしぼって敷居をまたいだ。

「もし」

小さく呼びかけても、誰ひとり相手にしてくれない。

内証《ないしょう》に目を遣っても、主人や内儀《ないぎ》らしき人物は見当たらなかった。

「もし、お願いいたします」

必死に訴えると、十二、三歳ほどの丁稚《でっち》小僧がようやく気づき、何か用かと尋ねてくれた。

「旦那さまにおはなしが」

「そいつは無理だな、お取りこみ中だから」

おすずは怯《ひる》まず、丁稚の耳に囁いた。

「じつは、若旦那さまのことです」

「若旦那って、平助お坊ちゃまのことかい」

「はい」

「おまえ、名は」

「おすず」

「どこの子だい」

「照降長屋、十分一屋の娘です」

毅然《きぜん》と胸を張ったそばから、丁稚に手を取られた。

「こっちへ来な」

連れていかれたのは勝手口の外だ。

「ほんの少し待ってろ」

丁稚はいなくなった。

表口と異なり、人影はひとつもない。

すでに陽は落ち、周囲は薄暗くなっている。

そばに古井戸があった。そのむこうは笹藪《ささやぶ》だ。

藪のなかに赤い目が光ったような気がして、おすずは怖くなった。

――ばしっ、ばしばしっ。

蚊《か》とんぼが狂ったように飛びまわり、板戸や障子を打っている。

おすずは肩に力を入れ、目を見開いた。

瞬きをしてもいけない。その隙を衝かれ、闇の底から物《もの》の怪《け》が飛びだしてくるにちがいない。

屈みこみ、三左衛門にすげてもらった下駄の脇を撫でた。

「ひょうたん、ひょうたん」

瓢簞のまじないは、魔除けにも効果があると信じている。

ほんの少しと言われた時が、途方もなく長いものに感じられた。

やっぱり、やめておけばよかった。

逃げようかとおもったとき、跫音《あしおと》がひとつ近づいてきた。

「おまえかい、おすずってのは」

化粧っ気のない顔で鉄漿《おはぐろ》を剝《む》くのは、大柄な年増だった。

おすずはこっくり頷き、小さな声で洩らす。

「あの……さっきのお方は」

「三太郎《さんたろう》かい、大店の丁稚小僧ってのは忙しいんだよ。あたしゃ女中頭のおしげってもんだ」

「ふえっ」

おすずは仰天《ぎようてん》し、膝を震わせはじめた。

「何も驚くことはないだろう。ほら、こっちをみてごらん」

おしげは膝を折り、こちらの顔を覗きこもうとする。

おすずは下をむいたまま、顔をあげようともしない。

「なんだろうねえ、この娘は。そっちから用があるって来たんじゃないのかい。ほれ、何とか言ってみな」

「旦那さまに……あ、逢わせてください」

懸命に言いきると、おしげに舌打ちされた。

「旦那さまはお忙しいんだよ。だから、このわたしが替わりに聞いてあげようとおもったのに」

「もういいです」

「おやおや、何も告げずに帰るのかい。三太郎のはなしでは平助お坊ちゃまのことで用があるそうじゃないか」

「いいえ、もういいんです」

おすずは、ぺこりとお辞儀をした。

「お待ち」

棘《とげ》のある声が追いかけてくる。

「おまえ、今朝、照降町の四つ辻で豆腐を買わなかったかい」

おすずはどきんとして声も出せず、首をおもいきり横に振った。

「ふうん、そうかい、なら、いいんだけど」

「さようなら」

おすずは気丈にも言いはなち、勝手から表口まで急ぎ足で通りぬけた。

そして、敷居を越えて外へ出ると、うしろもみずに駈けだした。

息を弾ませながら、裏長屋の木戸門までもどってくる。

灯りの洩れる自身番に足がむいたものの、訪ねる勇気はなかった。

「おや、おすずちゃん、どうしたの」

「あ、庄ちゃんのおっかさん」

鮪《まぐろ》のように肥えた年増の名はおかめ。とある事情から世を儚《はかな》んで身投げしたのだが、下駄職人の次郎吉に助けられた。それが縁でいっしょになった。死ねずに生きてしまった女と女房を病気で亡くした子持ち男、ふたりの仲をとりもったのは、おまつである。

おかめは心根が優しい女性なので、庄吉も実母同然に慕っている。

おすずは、今朝からの出来事を打ちあけたかった。

が、おかめは何やら、余所《よそ》行きの恰好をしている。

木戸門の内ではなく、外へ出掛けるところなのだ。

「ごめんね、従妹《いとこ》がはやり病で寝込んじまったんだよ」

「お見舞い」

「そう」

「早く行ってあげて」

「ありがとう」

おかめの背中を見送り、とぼとぼ歩んでいった。

帰ったところで、真っ暗な部屋には誰もいない。

おすずは行灯《あんどん》を点《つ》け、心張棒を何度も確かめた。

両膝を抱えて蹲《うずくま》り、おまつの帰りをじっと待つ。

何だか眠くなってきた。

そのまま、小半刻（三十分）ほど眠っただろうか。

目を醒ましてみると、外の闇がいっそう深まっている。

「あっ」

油障子のむこうに、人影が立った。

どんどん、どんどんと、戸が敲《たた》かれる。

「誰……誰ですか」

声が掠れた。

「わしだ、おすず、開けてくれ」

三左衛門の声だ。

おすずは畳を転がり、土間に飛びおりた。

心張棒を外す。

障子戸を開くや、三左衛門の腰にしがみつく。

ふだんなら、こんなことはぜったいにしない。

三左衛門はじつの父親ではないので、おすずなりに気を使っているのだ。

今はそれどころではない。ただ、怖かった。安心できる誰かが側にいてくれるだけでよかった。

「うほほ、どうした、ひとりで寂しかったのか」

こんなふうに抱きつかれたことがないので、三左衛門は嬉しそうだ。

それにしても酒臭い、鼻がまがってしまう。

身を剝がすと、赤ら顔が迫ってきた。

「晩飯はちゃんと食ったか」

そんなことはどうでもいい。

おすずは怒ったように言った。

「おっちゃんは二本差しの目刺《めざ》しの赤鰯《あかいわし》って言われているけど、ほんとは強いんだよね」

「どうした、藪から棒に」

「藪から棒って」

「道端の藪から、ふいに棒が突きでてくることさ」

「なんで棒が出てくるの」

「さてな、誰かがいたずらでもしたんだろう」

三左衛門は雪駄《せった》を脱ぎ、帯から大小を抜きながら畳にあがった。

開いた戸口から蠅《はえ》が迷いこみ、狭い部屋のなかで飛びはじめる。

おすずは、忙しなく飛びかう蠅を目で追った。

二匹いる。金蠅だ。螺旋状《らせんじょう》に飛んでいる。

「ひょっこらしょ」

三左衛門は行灯の脇に胡坐《あぐら》をかき、ぱっと袖をひるがえした。一瞬の動きだ。三左衛門は二匹の金蠅を素手で捕らえていた。

「す、すごいね、おっちゃん」

「おすずよ、一寸の虫にも五分の魂《たましい》という諺《ことわざ》は知っているな」

「うん」

「金蠅も生き物であるかぎり殺生はできぬ。糞溜《くそだ》めに戻してやらねばな」

赤ら顔の酔いどれは尻をあげ、大股で敷居を踏みこえていった。

おすずの目には三左衛門の背中が、小山のように大きくみえた。

四

三左衛門は金蠅を捕まえたまではよかったものの、部屋へ戻ってくるなり鼾《いびき》を掻いて眠った。からだを揺すっても、鼻を摘《つま》んでも目を開けず、おすずもいつのまにか眠ってしまった。

おまつは又七の容態が悪化でもしたのか、帰ってこなかった。

翌朝、起きてみると箱膳に朝食の仕度ができており、夕月楼へ行くという三左衛門の書き置きがあった。

おすずは空腹に耐えきれず、佃煮《つくだに》でご飯を二膳食べた。

味噌汁の具は因縁《いんねん》の豆腐、三左衛門が買いに出掛けたのだ。

箸を動かしながら涙が零《こぼ》れてきた。

昨日から運に見放されっぱなしだ。

大人を頼ることができないのなら、友達に相談してみようかともおもった。

といっても、相談のできる相手は下駄屋の庄吉くらいしかいない。庄吉は喧嘩《けんか》があんまり強くないので、やっぱりやめておこう。こうなったら誰にも頼らず、自分ひとりで平助の居場所を捜しだそう。

勝ち気なところは母親譲りだ。

おすずは部屋を飛びだし、杉の森新道の釜屋へむかった。

無謀にも、おしげを見張ろうとおもったのだ。

空には虹《にじ》が出ていた。

朝虹は雨、夕虹は晴れという諺がある。

おすずは顔をしかめた。

杉の森新道にたどりつくと、芝居町のほうから賑わいが伝わってきた。

釜屋の周囲は昨夕とちがって、どことなく重たい空気につつまれている。

あきらかに十手持ちとわかる男たちが、敷居の内外をうろうろしているのだ。内証には主人とおぼしき人物がおり、深刻な顔で岡っ引きと会話をしていた。主人の平六にすべて告げてしまえばよい。そうすれば、自分の役目は終わる。苦しみから解放され、美味《おい》しいご飯も食べられる。

が、おすずは踏みとどまった。

平六のそばには、目つきの鋭い岡っ引きがぴったりくっついている。十手持ちがすべて善良な人間とはかぎらないと、おまつに教わっていたからだ。

おすずは天水桶《てんすいおけ》の陰に隠れ、しばらく店の様子を窺った。

女中頭のおしげは、表口に顔をみせる様子もない。

ふと、おもいたち、勝手口に通じる露地へまわった。

露地の一角に笹藪があり、昨晩は気づかなかったが、笹藪のなかに抜け道をみつけた。

昼なお暗い抜け道を、恐る恐る通りぬける。

すると、正面に古井戸がみえ、小女《こおんな》たちが洗濯をしていた。

「ちょいと、あんたら、お稲荷さんまで出掛けてくるよ」

勝手口から、弾んだ声が聞こえてきた。

厚化粧の顔を覗かせたのは、おしげである。

おすずは後ずさり、抜け裏から露地へ駈けもどった。

鼓動が速まり、抑えられない。

子兎のように走り、物陰に飛びこむ。

わずかな差で、おしげが通りすぎていった。

露地を抜ければ、突富《つきとみ》で知られる杉の森稲荷はすぐそばだ。

ところが、おしげは稲荷社の脇道を抜け、小伝馬町《こでんまちょう》の牢屋敷へむかった。

牢屋敷のさきには三上稲荷があり、そのさきは藍染川《あいぞめがわ》の流れる紺屋町《こうやちょう》だ。

三つくらいまで住んでいた。じつの父親は紺屋の若旦那、女にだらしない男だった。おまつに愛想を尽かされても仕方のない男だが、娘のおすずには優しいところもみせた。別に逢いたくもないが、藍染川のそばまでやってくると、いつも胸が痛くなる。

おしげは牢屋敷の高い塀に沿って、西側の大路を歩んでいった。

築地塀《ついじべい》の腰は石積みで、石垣の狭間に蛇の脱《ぬ》け殻《がら》がぶらさがっていた。

縁起がよい。平助が繋がれている場所へ導かれているのだと、おすずはおもった。

おしげは三上稲荷も通りすぎて左手へ曲がると、裏道を元乗物町《もとのりものちょう》までずんずん進んでいった。

行く手の彼方《かなた》には千代田《ちよだ》のお城がみえる。

日本橋の大路からむこうは、おすずもあまり知らない。

おしげは大路を横切り、竜閑川に沿って歩み、鎌倉河岸《かまくらがし》まで足を延ばした。

水無月《みなづき》の朔日《ついたち》になれば、河岸に大きな炭市が立つ。一升百文の計り炭を買う庶民には関わりのないはなしだが、商家や武家は越冬用の炭俵を真夏に買いおきしておくのだ。

鎌倉河岸ならば、おまつに連れられ、二度ほど訪れたことがあった。竜閑橋《りゅうかんばし》の北詰めに迷子石《まいごいし》が立っており、迷子になったらこの石に名を書かれちまうんだよと諭《さと》された。

子供心に、怖いとおもったのを憶えている。

細長い石標の右側には「しらする方」と刻まれ、左側には「たつぬる方」と刻まれていた。ひょっとしたら、左側の窪《くぼ》んだ部分に平助の名と特徴の書かれた紙が貼ってあるのではないか。そんな気がして、おすずは言い知れぬ不安を感じた。

おしげは河岸のなかほどを右手に曲がり、商家と棟割長屋の混在する裏道へはいった。

おすずは必死に追いかけ、おなじところを曲がったものの、おしげのすがたを見失ってしまった。

「どうしよう」

露地は入りくんでいる。町名もわからない。

空を仰げば、雨雲が低く垂れこめていた。

虹が雲を呼びよせたのだ。周囲は薄暗い。

おすずは四つ辻まで歩をすすめ、おしげの後ろ姿をさがした。

「いない、どっちだろう」

途方に暮れた。

四文屋《しもんや》の親爺が店をひろげている。

客もおらず、居眠りをしている様子だが、だめもとで聞いてみようか。

そうおもって一歩踏みだし、おすずは三間ほどさきの暗がりに目をとめた。

赤紫色の虫が飛んでいる。

「あれは……みちしるべ」

斑猫《はんみょう》であった。

人が近づくと飛びたち、少しさきで待っている。

ゆえに「みちしるべ」と、おすずは呼んでいた。

もう、迷うことはない。

勇躍、斑猫のあとを追いはじめた。

たどりついたさきは堀留に面する笹藪、ここにもまた、隧道《ずいどう》のような抜け道がある。

斑猫は隧道に進入し、闇のむこうへ消えた。

おすずは勇気を奮いおこし、踏みこんでみた。

五間ほどすすむと目の前が開け、笹藪のまんなかに欅《けやき》の古木が枝を広げていた。

このあたりは町屋の背に位置する谷間、人家は見当たらない。代わりに芥《あくた》が大量に棄てられており、烏が黒山のごとく群れていた。

「げっ」

おすずは烏に気づき、石のように固まった。

鳥はみな丸々と肥っており、飛びたつ気配もない。
欅が枝を投げかける蔭に、朽《く》ちた祠《ほこら》がみえた。
「あそこだ」
きっと、平助が繫がれている。
鳥を目の端でとらえつつ、抜き足差し足で近づいた。
祠の裏手にまわり、小窓をさがす。
手をまっすぐ伸ばしたあたりに、朝日の射しこむ小窓が穿《うが》たれてあった。
おすずは芥の山のなかに、黒ずんだ肥桶《こえおけ》があったのをおもいだした。
さっそくもどってみると、嘴《はし》の太い鳥が桶を突っついている。
しばらく待ってから、足を忍ばせて近づいた。
鳥はまだそばにいた。が、桶を拾いあげても逃げようとしなかった。
肥桶はぬるっとしていて、あまりの臭さに気絶しかけた。
ふたたび、おすずは祠の裏手へまわり、肥桶を壁に寄せた。
「これでよし」
音を立てぬように気をつけ、片足ずつ乗せる。
足場がしっかりしているのを確かめ、そっと膝を伸ばす。

両手を窓の枠に引っかけ、鼻のしたを伸ばし、祠のなかを覗いてみる。
暗さに目が馴れてくると、次第になかの様子がわかってきた。
祀《まつ》ってあるのは水子供養《みずこくよう》の地蔵であろうか、赤い前垂れを掛けている。
壁には黴《かび》がびっしり生えており、床の随所が破れていた。
屋根は破損しておらず、雨露は何とかしのげそうだ。
おすずは、黒目だけをきょろきょろ動かした。
地蔵の脇に目を止め、はっと息を呑む。
莚《むしろ》のうえに、子供が寝かされていた。
手足を縛られ、猿轡《さるぐつわ》をかまされている。
「平助ちゃん……」
おすずは呼びかけようとおもい、小窓に顔を寄せた。
平助らしき子供のからだは、ぴくりとも動かない。
死んでしまったのだろうか。不吉な予感が過《よぎ》る。
そのとき、観音扉《かんのんとびら》がぎぎっと軋《きし》みをあげた。

五

どこをどう駈けてきたのか、自分でもわからない。

おすずは誰にも気づかれずに、照降長屋まで戻ってきた。

もはや、躊躇《ためら》ってなどいられない。

幸いにも、おまつと三左衛門は家に帰ってきていた。

やはり、又七は高熱を発したらしい。金瘡《きず》が化膿《かのう》したのだ。何とか峠《とうげ》は越えたが、おまつは一晩中看病したので、兎のように目が充血していた。

「おすずじゃないか、手習いはどうしたんだい」

「おっかさん、手習いどころじゃない。平助ちゃんをみつけたんだ」

「平助って、釜屋の」

「うん、悪いやつらにさらわれちまったんだよ」

「なんだって」

おすずは昨日からの出来事を、できるだけ順序立てて説明した。

すべてを喋りおえたら全身の力が抜け、へたりこんでしまった。

おまつも三左衛門も、口をあんぐりあけて驚いている。

「おまえさん、こんなことってあるんだね」

「ものの見事に不運がかさなったものだな」

「どうする」

「番屋へ知らせよう。ただし、おしげという女中頭のことは黙っておいたほうがよいな」

「なぜ」

「下手に知られて雲隠れでもされたら困る。今は何よりも子供を救うのが先決だ」

「そうだね」

三人は部屋を出た。

おすずは蒼褪《あおざ》めた顔で、おまつに手を引かれた。

自身番に詰めていた大家の弥兵衛は、すべてを聞きおわらぬうちに使いを走らせた。

使いがむかったのは杉の森新道の番屋で、そこには豊蔵《とよぞう》という岡っ引きが詰めている。杉の森稲荷を中心に北は大伝馬町《おおでんまちよう》、南は芝居町まで縄張りにし、地元ではけっこう信頼されている十手持ちだった。

「豊蔵の親分にまかせておけば、まず心配あるまい」

弥兵衛は自身を納得させるように、何度も頷いてみせた。

釜屋には身代金を払えという脅迫状が届けられていた。主人の平六は苦りきった顔で五百両までなら出してもいいと吐いたとか。

ともあれ、豊蔵は手下どもを引きつれて鎌倉河岸へおもむき、笹藪の谷にある地蔵の祠へ踏みこむはずだ。

「おまつさん、釜屋の一人息子が無事に助けだされたら、おすずにはお上から褒《ほう》美《び》がたんと出る。果報は寝て待てさ」

褒美なぞいらない。平助が無事であることを、おすずは願った。

さきほどから、雨がしとしと降りだしている。

梅雨の名残りの鬱陶《うっとう》しい雨だ。

家に帰って待つこと二刻半（五時間）、夕の八つ半（午後三時）を過ぎたころ、岡っ引きがひとりあらわれた。

年の頃なら四十代半《なか》ば、三左衛門とおなじくらいだろう。固太りの頑丈《がんじょう》そうなからだつきをしており、海苔《のり》を貼ったような眉のしたでぎょろ目を剝いている。頰に小豆大《あずきだい》の黒子《ほくろ》があり、験担《げんかつ》ぎでもあるのか、黒子のまんなかから太い縮れ毛が一本ひょろんと生えていた。

「ごめんよ、邪魔するぜ、杉の森の豊蔵だ」

分厚い唇を突きだされ、おまつは愛想笑いを浮かべた。

「これはこれは、親分さん」

「十分一屋のおまつだな」

「はい」

「おすずってのは、その娘か」

「ええ」

「賢そうな娘じゃねえか、なあ」

油断のない目をむけられ、おすずは下をむいた。

「あの……大家さんは」

「弥兵衛かい、蒲団をかぶって隠れちまったぜ。お上にあわせる顔がねえってな」

「どういうことでしょう」

「どうもこうもねえさ。水子地蔵の祠は蛻《もぬけ》の殻《から》よ」

「え」

おまつよりも早く、おすずが咽喉をひきつらせた。

豊蔵は裾を端折《はしょ》り、棘のある声でたたみかける。

「釜屋の息子が祠に連れこまれた形跡もなかったぜ」

「親分さん、うちの娘が嘘を吐いたとでも仰《おっしゃ》るんですか」

「そうとしかおもえねえな。何でかって言えば、祠で寝起きしている願人坊主《がんにんぼうず》がひとりいてな、そいつのはなしじゃここ数カ月というもの、鳥と鼠《ねずみ》以外にゃ目にしたことはねえと抜かすんだな。願人坊主が嘘を吐いたところで一文の得にもならねえ。だったらよ、信じねえわけにゃいくめえが」

間髪容《かんぱつい》れず、おまつが噛みついた。

「冗談じゃない。嘘を吐いてもしょうがないのは、うちの娘のほうだよ。いったいぜんたい、何でそんなまねをしなくちゃならないんです」

「そこよ、おれが聞きてえのは」

豊蔵は膝を乗りだしてくる。

おすずは正座したまま拳《こぶし》を固め、土間に目を落とした。

「お嬢ちゃん、教えてくんねえか、何で嘘を吐いたんだ」

「嘘じゃないもん」

「大人をからかうんじゃねえぞ、こちとら暇な身じゃねえんだ」

褒美どころか、奉行所から呼びだされて叱られるかもしれない。

おまつが手を握ってきたので、おすずはぎゅっと握りかえした。

「嘘吐きは泥棒のはじまり。そいつをよ、親はちゃんと躾《しつ》けなきゃいけねえな」

ぎりっと、おまつは奥歯を嚙みしめた。

「おっと怖《こえ》えな。おまつさんよ、般若みてえな顔だぜ……へへ、じゃあな、寝首を搔かれねえように、せいぜい気をつけな、あばよ」

妙な捨て台詞《ぜりふ》を残し、豊蔵は去った。

「おまえさん、塩だ、塩撒《ま》いとくれ」

おまつの怒りはおさまりそうにない。

おすずの心には口惜しさだけが残った。

三左衛門はものも言わずに立ちあがり、腰帯に大小を差した。

「おまえさん、どこへ」

「鎌倉河岸だ、地蔵の祠を調べてくる」

「おっちゃん、わたしも連れてって」

おすずが懇願《こんがん》すると、三左衛門は顔いっぱいに笑った。

「待っておれ、ほんの少しの辛抱《しんぼう》だ。わしもおまつも罪滅ぼしをせにゃならん。おすずをこんなに悲しませちまったんだからなあ」

「そうだよ、おすず、安心おし」

おまつのふくよかな胸に抱かれ、おすずは少し息苦しかった。

それにしても、杉の森の親分はどこに目がついているんだろう。

祠には願人坊主なんぞいなかった。寝首を掻かれないようにって、いったい、どういう意味なんだろう。あれこれ考えていると、大家の弥兵衛が赤ら顔であらわれた。

「おまつさん、いるかい」

「あら、大家さん」

「おすずもいっしょか、ちょうどいい。おめえ、とんだ恥をかかしてくれたなあ」

「なんだい、このひと、呑んでるね」

「ああ、そうだ、こうなりゃ自棄酒《やけざけ》よ。店子に恥かかされたおかげでお役人さまからお叱りを受けなきゃならねえ。ここまで築いてきた信用はがたおちだ。どうしてくれる、みいんな、その嘘吐き娘のせいだ」

「このタコ、もういっぺん言ってみな」

おまつはおすずの盾となり、上がり框で仁王立《におうだ》ちになった。

「うちの娘を嘘吐き呼ばわりしたら、ただじゃおかないからね。もっ て黙ってりゃ、つけあがるんじゃないよ。てめえみてえな表六玉《ひょうろくだま》は豆腐のかどに頭でもぶつけて死んじまいな」

おまつに啖呵《たんか》を切らせたら、敵《かな》う相手はまずいない。

弥兵衛は口をもごつかせながら、すごすご退散していった。

おすずは、おまつの背中でめそめそ泣いている。

「泣くんじゃない。おすず、これしきのことで泣いちゃだめだ」

「うん」

「いいかい、ようくお聞き。大家はきっとこのことを長屋じゅうに言い触らすにきまってる。おまえは悪者あつかいさ、長屋の連中は他人のはなしを信じやすいお人好しばかり。だから、おまえは辛い目に遭うかもしれない」

「うん、わかってる」

「洟垂れどもにからかわれようが、石を投げられようが、堂々としていなきゃだめだよ。手習いにはちゃんと行くんだ。いいかい、ほんの少しの辛抱だよ。おっかさんとおとっつぁんがついているからね」

「うん、おっかさんとおとっつぁんを信じる」

「おや、うふふ、おまえ、おっちゃんのことをおとっつぁんって呼んだね」

「うん」

「面とむかって言っておやり。そうしたら、あのひとがどれほど喜ぶことか」

おすずは返事に困った。いまさら、面とむかって「おとっつぁん」なぞと呼ぶのは気恥ずかしい。

「難しいことを言うようだけどね、人の真価ってのはこういうときにわかるもんだ。ふだんは良い顔をしている人がほんとうは鬼だったり、あんまり親しくない人が仏だったりする。わかったかい、おすず、目を凝らしてじっと見据えるんだよ。そうすりゃ人の愚かさや滑稽《おかし》さがようくみえてくるから……ってね、じつはこれ、あのひとの受け売りなんだけど、うふふ」

三左衛門はきっと、平助が繋がれていた証拠をつかんできてくれるにちがいない。

いつのまにか、おすずの胸の裡《うち》から、弱虫も泣き虫もいなくなっていた。

六

三左衛門は朽ちかけた地蔵の祠へおもむいたが、平助が閉じこめられていた形跡をみつけられなかった。一方、豊蔵に証言したという願人坊主のすがたも、そこにはなかった。

しかし、これで平助に繋がる糸が切れたわけではない。三左衛門は廻り髪結いの仙三にも助けを仰ぎ、昨晩から釜屋に住みこむ女中頭のおしげを張りこんでいる。

今日は朝から、からりと晴れた。

おすずはおまつに背中を押され、手習いへむかった。

手習いは木戸門を抜けた表通りの角にあり、師匠は葛城左門《かつらぎさもん》という五十そこその浪人者だ。葛城は播州《ばんしゅう》出身の元藩士、漢籍《かんせき》に詳しい。なかなかの好人物との評判どおり、子供たちにも人気があった。

おすずは読み書きが好きだし、誰よりも良くできた。手習いではいつも元気潑剌《はつらつ》としており、心の底から楽しそうだった。が、さすがに今日は顔色も冴えない。

帰り道、おまつの案じていたことが起こった。

往来を歩んでいると、辻の蔭から石が投げつけられてきたのだ。

「誰、石を投げたのは誰」

おすずは逃げようともせず、辻を睨みつけた。

平助の手下の勘太が、洟垂れどもを率いて立っていた。

「やあい、おすず、嘘吐きおすず、嘘吐きは泥棒のはじまりだい」

勘太の父親は呑んだくれの宿六、母親は茶屋の賄《まかな》いを手伝っている。母親は少しひねくれており、他人の陰口を叩いては日頃の鬱憤《うっぷん》を晴らしているようなところがあった。おおかた、大家のはなしを小耳に挟んだ母親が、おすずのことを勘太に吹きこんだのだろう。

石を本気で当てるつもりのないところが、まだ救いだ。

おすずは無視を決めこみ、足早に通りすぎようとした。

が、足を止めた。

洟垂れどものなかに、下駄屋の庄吉をみつけたのだ。

「庄ちゃん」

悲しげに洩らすと、勘太が庄吉を前面へ押しだした。

「ほら、庄吉、おすずを詰《なじ》ってやれ」

「やれ、早くやれ」

ほかの連中にも煽《あお》られ、庄吉は拳を握って俯いた。今にも泣きだしそうだ。

「どうした、早く詰れ、さもないと仲間に入れてやらねえぞ」

おすずは胸を張り、大股で歩みよった。

洟垂れどもよりも、おすずのほうが背は高い。日頃から読み書きを補習してやっている者たちばかりなので、みな、逃げ腰になった。

勘太だけが強がってみせる。

「なんでえ、文句あっか」

「庄ちゃんをいじめるんじゃないよ」

「いじめられてんのは、おすず、おめえだぞ」

「わたしは平気さ、おまえに何を言われようとね。でも、庄ちゃんまで巻きこんじゃいけないよ。そいつは男のすることじゃない」

「なにを」

「ほら、みんな嫌がっている。粋がってんのはおまえだけさ。いつまでも弱い者いじめしていたらね、平助みたいに神隠しに遭っちまうよ」

「へ」

「いじめっ子は天狗《てんぐ》にさらわれるんだって、おっかさんが言ってた」

「嘘吐くな」

「嘘だとおもうんなら、いつまでも弱い者いじめしてな。ほら、今もどこかから天狗がみているかもしれないよ」

「おぼえてやがれ」

勘太は通り者のような台詞を吐き、洟垂れどもを率いて去っていった。

ひとり残された庄吉が、悲しそうな顔をむけてくる。

「おすずちゃん、ごめんよ、あんなやつらといっしょにいて」

「気にしなさんな」

「うちのおっかさんがね、十分一屋のおばちゃんは命の恩人だって言ってた。だから何があっても、おすずちゃんは守ってあげなくちゃいけないって。でも、おいらは弱虫だから勘太の言いなりになろうとしてた」

「庄ちゃんは弱虫なんかじゃない」

「ほんとう、そうおもう」

「うん」

「そうだ、忘れるとこだ。手習いから出てきたとき、おすずちゃんのことを物蔭からじっとみている男のひとがいたよ」

「どんな男のひと」

「怖え顔の親爺、頬に黒子があった」

「黒子から毛が生えてたかい」

「生えてた」

「杉の森の親分さんだ」

おすずの脳裏に、豊蔵の台詞が甦《よみがえ》ってきた。

――じゃあな、寝首を掻かれねえように、せいぜい気をつけな。

ひょっとしたら、あれは自分にむけられた脅しではあるまいか。

「庄ちゃん、それで、親分さんは」

「うん、勘太に何か訊いてた。平助の行方に心当たりはないかって」

「ふうん、で、勘太は何てこたえたの」

「あいつ、怖がって首を振るだけだった。杉の森稲荷の隠れ家を喋っちまえばよかったのに」

「杉の森稲荷の隠れ家って」

「社《やしろ》の縁の下に蟻地獄《ありじごく》がある。そこが隠れ家さ」

そうした子供たちの隠れ家が、町内に点々とあるらしい。

「でも、平助のお気に入りはその社の縁の下さ、駄菓子屋で買った菓子なんかも溜めてあるんだよ」

「庄ちゃん、そこへ行ってみようよ」

「へ、今から」

「うん」

「おっかさんにも告げずに」

「庄ちゃんとふたりなら、わたし怖かないよ」

「おうし」

勇んで歩みかけた庄吉が、くるっと踵を返した。

脅えている。

人影がのっそり近づいてきた。

「あ」

誰あろう、岡っ引きの豊蔵である。

「おすず、おめえに訊きてえことがあってな」

「何ですか」

「番屋まで来い」

首根っこをつかまえられ、おすずは悲鳴をあげた。

「うるせえ、黙らねえと痛え目に遭わせるぞ」

「嫌だ、嫌だ」

刹那《せつな》、庄吉が前歯を剝いて飛びかかった。

豊蔵の指に嚙みついたのだ。

「痛っ……このがき」

庄吉はすっぽんのように嚙みついて離れない。

その隙におすずは逃れ、露地裏へ駈けこんだ。

鼠のように駈け、狭隘《きようあい》な露地から露地へ身をひるがえす。

このあたりは庭のようなものだ。知らない抜け裏はひとつもない。

豊蔵に追いつけるはずもなかった。あとは庄吉が無事に逃れたことを祈るばかり。三左衛門もおまつも家にいないことを知っていたので、おすずはひとりで杉の森稲荷へむかった。

八つ刻（午後二時）あたりから雲行きが怪しくなり、空は灰色になりかかっている。往来を吹きぬける風が土埃《つちぼこり》を舞いあげ、おすずは捲《まく》れあがった裾を必死に押さえた。

和国橋を渡り、左手の新材木町《しんざいもくちょう》へむかう。

杉の森稲荷の外で様子を窺っていると、庄吉が鉄砲玉のように飛んできた。

おすずも駈けだす。

鳥居のところで、ふたりは出逢うことができた。

「庄ちゃん、うまく逃げたね」

「へへ、あんなやつ、てえしたこたあねえさ」

「ありがとう、庄ちゃんのおかげで助かった」

「ひょうたん、ひょうたん」

「魔除けのおまじないだね」

「うん、あいつ、悪党だよ」

「わたしもそうおもう」

「さ、行こう、蟻地獄へ」

「うん、蟻地獄へ」

ふたりは仲良く手を繋ぎ、神社の鳥居をくぐりぬけた。

七

社殿の屋根は黒雲に覆《おお》われている。

いましも、雨が落ちてきそうな気配だ。

「あ、みちしるべ」

おすずは参道に斑猫をみつけ、顔をかがやかせた。

「庄ちゃん、平助ちゃんはきっといるよ」

「うん」

ふたりは小躍りしながら、斑猫のあとを追った。

そして、社殿の脇から縁の下にもぐりこんだ。

腹這いになってすすむ。奥のほうは薄暗い。ところどころに蜘蛛《くも》の巣が張っており、鼠が鼻先を走りぬけてゆく。

ひとりだったら、怖くて一歩もすすめない。

かたわらの庄吉が、頼もしくおもえてくる。

「ほら、あそこ」

もぞもぞと、何かが蠢《うごめ》いた。

おすずは目を細め、闇の底を窺った。

「平助ちゃん」

声を掛けてみる。

「うへっ」

驚いた声が聞こえた。

「そこにいるの、助けにきたんだよ」

「おめえは……誰だ」

「おすずだよ」

「おすずって……十分一屋の」

「そうだよ、顔をみせとくれ」

影がまたもぞもぞ動き、泣き疲れた小汚い顔がにゅっとあらわれた。

三人は腹這いで凝視めあった。

「あれ、庄吉もいっしょか」

「うん」

「勘太は」

「知らない」

「助けにきてくれたのは、おまえらだけか」

「庄ちゃんがね、平助ちゃんはきっと蟻地獄の隠れ家にいるって言ったんだよ。そのとおりだった……あ、それ」

おすずは這いずって近寄り、平助の薄汚れた着物の襟に手を伸ばした。

「ほら、みちしるべだよ」

「え」

「感謝しなさい。地蔵の祠に導いてくれたのもそいつなんだから」

「おまえ、地蔵の祠にも行ったのか」

「うん、おしげっていう女のひとを追いかけてね」

「おしげって、女中頭の」

「そうだよ、あんたをさらったのさ」

「おいらをさらったのは男だぞ。手拭いで頬被《ほっかむ》りしてたけど、頬に黒子がありやがった、黒子に毛が生えてたから憶えてんだ」

「やっぱりね、そいつは杉の森の親分だよ」

おすずの指摘に、平助は驚いた様子もない。

「おいらもそうおもっていた。隙を盗んで地蔵の祠から逃げたのさ。でも、家に帰ってみたら御用聞きの手下どもが網を張っていた。そんなかに黒子から毛の生えた十手持ちもいたんだ」

遠くから内証をのぞいても、父と母のすがたはみえなかった。

豊蔵に捕まったら、こんどこそ殺されてしまう。

平助は暗くなるまで待とうとおもい、とりあえず「隠れ家」までやってきた。

「わたしらが来たからにはもう安心さ。感謝しているかい」

「うん」

「だったら、もう弱い者いじめしたらいけないよ」

おすずが母親のように諭すと、平助は目に涙を浮かべた。

と、そのときである。

「おい、逃がすんじゃねえぞ。社殿のなかを捜してみろ」

耳憶えのある声が飛びこんできた。

「豊蔵だ」

「しっ」

驚いた庄吉の口を、おすずは指で制した。

豊蔵が手下をしたがえ、平助を捜しにきたのだ。

勘太から訊きだして足をはこんだにちがいない。が、勘太も「隠れ家」のことまでは喋っていないようだ。それなら、まだのぞみはある。

声が遠ざかってゆくのを確かめ、おすずは庄吉に囁いた。

「庄ちゃん、頼みがあるの」

「なんだい」

「柳橋の夕月楼まで行ってくんない。それでね、おとっつぁんを呼んできて」

「おとっつぁんて、赤鰯のおっちゃんかい」

「そうだよ」

「ほいきた合点」

庄吉は腹這いになり、たどってきた道を戻っていった。

柳橋までの往復を考えると、最低でも半刻はみなければなるまい。夕月楼に三左衛門がいるとはかぎらないので、一刻ほど待たされるかもしれなかった。

おすずと平助は、庄吉が無事にたどりついてくれることを祈った。

「おすず、どうする」

「待つしかない。息をひそめてね」

「何だか寒い。手が震えてきた」

「握ったげる」

おすずが手を握ると、平助は安堵《あんど》したように目を瞑《つむ》った。

疲労の色は濃く、唇もとは紫色になっている。

まともに走ることもできまい。連れて逃げたら捕まるなと、おすずはおもった。

それから、永遠にも感じられる半刻が過ぎた。

平助はひどい悪寒に襲われ、口を利くこともできない。

庄吉は夕月楼へたどりつくことができなかったのだろうか。

「誰か、誰か助けて」

弱気の虫が囁きだしたとき、すぐそばでまた豊蔵の声が聞こえた。

「縁の下だ。提灯で縁の下を照らしてみろ」

やにわに、御用提灯が翳《かざ》された。

「親分、誰かおりやすぜ」

手下の声を聞くと同時に、おすずは真横へ這いだした。

「あ、逃げやがる」

おすずは提灯の灯りから必死に逃れ、縁の下から飛びだした。

自分が囮《おとり》になり、時を稼ごうとおもったのだ。

「おい、そっちだ、逃すな」

日没前の逢魔刻《おうまがとき》、あたり一面は薄暗い。

豊蔵に捕まるくらいなら、物の怪にさらわれたほうがましだ。

参道には人影がある。助けを呼ぼうとおもっても、息が切れて声にならない。

それに、十手持ちが相手では、まともにとりあってくれる者もおるまい。

おすずは鳥居をめざし、風のように参道を駈けぬけた。

が、つぎの瞬間、狛犬《こまいぬ》の背後から豊蔵が躍りだしてきた。

「うらああ」

両手をひろげ、うえから覆いかぶさってくる。

「ほうら、捕まえた」

帯をつかまれ、ひょいともちあげられた。

足をばたつかせても、豊蔵はびくともしない。

「子兎め、手を焼かせやがる」

手下のほうも、縁の下から平助を引きずりだしてきた。

「親分、おりやしたぜ。でえぶ弱っているようだが、どうしやす」

「死なしちゃならねえ。でえじな金蔓《かねづる》だ」

「へい」

おすずは胸を羽交《はが》い締《じ》めにされ、息を詰まらせた。

もうだめだ。手習いで習った「万事休す」ということばが浮かんだ。

意識がすうっと遠のいてゆく。

ところが、唐突に腕の力が弛み、地べたへ投げだされた。

「おめえ、誰だっけな」

豊蔵が誰かと喋っている。

眼差しのさきをたどると、三左衛門が佇んでいた。

「あ」

おとっつぁんと、声に出さずに叫んでみる。

三左衛門が、豊蔵にむかって口をひらいた。

「忘れたのか、わしはおすずの父親さ」

「おうそうだ。十分一屋のヒモだったな」

「娘をどうする気だ」

「さあてな」

「このうえ、悪事をかさねる気か」

「あんだと」

「子供をさらって釜屋から金を搾りとる。おぬしが仕組んだのであろう」

「へへ、妙な言いがかりをつけやがる。証拠もなしに戯言《ざれごと》を吐くんじゃねえ。こいつにものを言わしてな、食いつめ浪人のひとりやふたり、すぐにでもぶちこめるんだぜ」

豊蔵は得意気に、十手を翳してみせる。

その顔から、さあっと血の気が引いた。

髪結いの仙三に縄を掛けられたおしげが、石灯籠の蔭からあらわれたのだ。

それだけではない。

小銀杏髷《こいちょうまげ》の六尺豊かな同心が袖を靡《なび》かせ、俯き加減にあらわれた。

「あっ、八尾さま」

「おう、久しぶりだな、豊蔵」

「何で八尾さまが」

「んなこたあどうだっていい。豊蔵、おめえのことは調べさせてもらったぜ。浅草の烏金《からすがね》に手ぇ出してとんでもねぇ借金をつくったらしいなあ。そいつを明日までに返《け》えさねえと大川へ沈められるってんで釜屋に狙いをつけた。五年前にその手で捕まえ、手懐《てなず》けた女が働いていたからよ。言うまでもねえ、女ってのは鬼子母神の異名をとるおしげのことさ。おしげはそのむかし巾着切《きんちゃくき》りだったたってじゃねえか」

「くそったれ、ちくしょうめ」

「あがいても無駄だぜ。お縄につきな」

「嫌だね」

「なら勝手にするがいいさ。おすずの父親に殺《や》られちまうぜ」

「しゃらくせえやい」

豊蔵は吼《ほ》え、十手を頭上に振りあげた。

その隙に、おすずが逃れてゆく。

三左衛門は毛臑《けずね》を剝き、脇差を鞘走《さやばし》らせた。

砂をまぶしたような銀鼠《ぎんねず》の地肌に濤瀾刃《とうらんば》、煌《きら》めく白刃は越前康継の業物だ。

「豊蔵、おぬしは地獄に堕ちたほうがよい」

「うるせえ、へちま野郎」

豊蔵が鋭く踏みこみ、十手を突きだしてくる。
掠りもしない。
三左衛門は身を沈め、猿《ましら》のように跳ねとんだ。
刃風が唸る。
水平斬りだ。
「ひぇっ」
峰に返された白刃が、ばすっと首根に食いこんだ。
豊蔵の膝が抜け、手から十手が転げおちた。

八

夏も盛り、江戸の夜空に大輪の花が咲いた。
「ふわあ、おすず、きれいだねえ」
浅葱地《あさぎじ》に手綱《たづな》染めの浴衣を纏ったおまつは、役者絵の描かれた団扇《うちわ》を掲げた。
おすずは白地に金魚模様の浴衣姿で、両国広小路を歩んでいる。
三左衛門と又七のすがたもあった。
又七は傷が癒《い》えた途端、夕月楼に通ってくる芸妓《げいこ》の尻を追いかけはじめた。

おまつは渋い顔をつくりながらも、大目にみてやっているようだ。
「ぞろっぺいのへっぽこでも、おまえはこの世でたったひとりの血を分けた弟さ」
何日か寝ずの看病をつづけるうちに、死なれたら寂しいということに気づいたのだ。
姉弟が仲の良いところをみるのは滅多にないことなので、おすずは妙に嬉しかった。
広小路の一角には、好きな見世物小屋がある。
山雀《やまがら》におみくじを引かせる小屋だ。
「ねえ、あそこに行こうよ」
おすずは三左衛門の手を引いた。
いまさら、おっちゃんのことを「おとっつぁん」とは呼べない。
でも、心のなかでは感謝しながら、何度も「おとっつぁん」と呼びつづけていた。
当の三左衛門は娘の揺れる気持ちも知らず、暢気《のんき》な顔で山雀を眺めている。
灰色の羽をもつ赤褐色《あかかっしょく》の小鳥は嘴《くちばし》で器用におみくじを銜《くわ》え、香具師の手に渡していた。

「へへえ、おすず、みろ、上手いもんだ」

「そうだよ、あのくらいはお手のものさ」

子供のようにはしゃぐ三左衛門のことを、いつかきっと「おとっつぁん」と口に出して呼んであげよう。

　おまつもそれをのぞんでいる。母親の喜ぶ顔が、おすずにとっては何よりもかけがえのないものだ。

　山雀の引いたおみくじには「中吉」とあった。

　大吉でも小吉でもない中吉、何だか今の気分にぴったりだなと、おすずはおもう。

　四人は広小路をあとにして、柳橋へむかった。

　船着場は盛況で、猪牙《ちょき》や屋根船が桟橋に着いてはすぐに出てゆく。

「おうい、こっちこっち」

　声のするほうをみやれば、夕月楼の金兵衛が手を振っていた。

　背後には船着場でいちばん大きな屋形船が待ちかまえている。

「すげえ、うはは、ありゃ九間一丸《くまいちまる》だぜ」

又七が陽気に笑った。

奢侈禁止令《しゃしきんしれい》に触れるため、部屋数が十もある九間一丸のはずはない。

それでも、豪華な船であることは確かだ。

先日、おすずは南町奉行所に呼ばれ、奉行の筒井紀伊守より直々に褒美の言葉を頂戴《ちょうだい》した。最後に褒美の品は何がよいかと訊ねられ、品物よりも江戸でいちばん大きな屋形船に乗って大川へ漕《こ》ぎだしたいと、臆することもなしに言ってのけた。

親しいひとたちと大きな屋形船に乗り、花火見物がしてみたい。

種を明かせば、おまつがいつも口にしている台詞をなぞっただけのはなしだ。

「へへ、姉さん、おすず様々だぜ。生きているあいだに、こんな贅沢《ぜいたく》が味わえるなんてなあ。おすずよ、又七のおっちゃんは鼻が高《たけ》えや」

桟橋へ降りたつと、八尾半四郎と仙三が四人を待っていた。

庄吉の一家も呼ばれており、釜屋夫婦と平助の顔もみえる。

「おすず、今宵はおめえが主役だ。堂々と胸を張っていな」

「うん」

「さあて、みなの衆、涼み船としゃれこもうや」

ぼんと花火が爆《は》ぜ、又七の声を掻きけした。

漆黒《しっこく》の空に咲く大輪の花が、川面を赤く染めあげてゆく。

おすずは生まれてはじめて、屋形船というものに乗った。

心地よい夜風が吹きぬけ、ふと、みやれば、庄吉が遠くのほうで唇を動かしている。

「ひょうたん、ひょうたん」

それは何にでも通用する万能のおまじない。おすずは赤い鼻緒の下駄を慈《いつく》しむように撫でてやった。

片《かた》蔭《かげ》

一

水涸《みずが》れの小暑《しょうしょ》、江戸の町は灼熱《しゃくねつ》の陽光に焦《こ》がしつくされている。午後になると商家の庇《ひさし》が往来に濃い蔭をつくり、涼を売る物売りや使いに出された丁稚小僧に、つかのまの安息を与えてくれた。

この時期、芝居町には閑古鳥《かんこどり》が鳴く。給金千両の大立者《おおだてもの》をはじめ人気役者たちが避暑《ひしょ》を兼ねた地方巡業へ出掛けるせいだ。勘亭流《かんていりゅう》の文字で記された大名題看板《おおなだいかんばん》には、背筋のぞくっとするような怪談物ばかりがめだつ。中村座《なかむらざ》にも市村座《いちむらざ》にも、夏芝居専門の若手しか残っていない。

三左衛門は芝居町を抜け、人形町通《にんぎょうちょうどお》りを横切って東へむかった。

久方ぶりに月代《さかやき》を剃《そ》り、髭《ひげ》もさっぱりさせた。おかげで若やいでみえる。纏《まと》っているのは瓢簞蝙蝠《ひょうたんこうもり》に三筋縞《みすじじま》の着流し、役者のように駒下駄《こまげた》を履《は》き、帯には刀の替わりに扇子《せんす》を差し、左手にはなぜか空の手桶《ておけ》をぶらさげている。

おまつに「たまには気分を変えてはどうか」と諭《さと》され、粋な恰好を装ってみた。わるくないよと褒《ほ》められはしたものの、肝心の顔色が冴《さ》えない。一昨日《おととい》から、奥歯がずきずき疼《うず》くのだ。

三左衛門は右頰を手で押さえながら、富沢町《とみざわちょう》のさきから浜町堀に架かる栄橋《さかえばし》を渡った。

久松町《ひさまつちょう》の町屋を突っきり、密集する武家地へすすむと、路地の角に深い井戸が掘られており、立て札には『山伏井戸《やまぶしのいど》』とあった。

謂われは記されていない。山伏の祈りで浄化された名水として名高く、歯痛にも効くという。効験《こうけん》にあやかろうと、江戸じゅうから虫歯を腫らした連中が集まってくる。

三左衛門もそのひとりだった。

昵懇《じっこん》の口中医《こうちゅうい》に診てもらったところ、いずれ抜かずばなるまいが、今すぐ抜歯するのが嫌ならば「山伏井戸の水を汲《く》んで持ちかえり、朝夕丹念に口を漱《すす》げば、半月足らずで効果は覿面《てきめん》にあらわれる。痛みは嘘のように消え、虫歯のことなぞ忘れてしまう」と、口中医らしからぬことを教えてくれた。

茹《う》だるような暑さにもかかわらず、わざわざ足をはこんだのはそのためだ。

もはや、痛みは限界に達しつつあり、藁《わら》にも縋《すが》るおもいであった。

ふと、気づけば、油蟬《あぶらぜみ》が時雨《しぐれ》のように鳴いている。

翅《はね》の黒い烏揚羽《からすあげは》が、鼻先をふわふわ横切った。

導かれるように井戸へ近づくと、縄釣瓶《なわつるべ》のそばに先客がいた。

ひとりの女を、風体《ふうてい》の賤《いや》しい三人の男たちが取りかこんでいる。

「揉《も》め事《ごと》か」

こうした名所にはかならず、食いつめ者の小悪党が出没する。

うっかり、そのことを失念していた。重いのを厭《いと》わずに大小を差してくれば、手間を掛けず追っぱらうことはできただろうに。

さっそく、男のひとりが叫びかけてきた。

「おい、そこのへなちょこ。一歩でも近づいてみろ、ただじゃおかねえぞ」

その男だけは垢《あか》じみた単衣《ひとえ》を纏い、ほかのふたりは褌《ふんどし》一丁で木刀を握っている。三人とも月代と髭は伸び放題、眸子《まなこ》は腐った卵のようだ。糞溜《くそだ》めに棲息《せいそく》する連中があまりの暑さに燻《いぶ》しだされ、のこのこ顔をみせたのだろう。

制止を無視し、ずんずん近づいた。

男たちは何か喚《わめ》いているが、眼中にない。

三左衛門の瞳に映っているのは、髷《まげ》を粋筋の島田くずしに結った柳腰の女だ。

年は四十路《よそじ》の手前、茶がかった麻《あさ》の葉模様の単衣に棒縞《ぼうじま》の昼夜帯《ちゅうやおび》を締め、ふた剃刀《かみそり》の人妻にしては垢抜けている。目が吸いつくほどの美人でもないが、もっちゃりした白い膚《はだ》に気を惹《ひ》かれた。

女は三人の男に囲まれ、野に咲く百合《ゆり》のごとく佇んでいる。

すっと流し目を送られ、三左衛門は咽喉《のど》の渇きをおぼえた。

「おい、水が欲しいなら銭を払え」

さきほどの男が一歩脇へ踏みだし、口から泡を飛ばした。

瘡《かさ》でも病んでいるのか、よくみれば鼻が欠けている。

「道三堀《どうさんぼり》の水も一荷二文《いっかにもん》で売っておろうが。されば、世に名水と知られた山伏の水は倍の四文じゃ」

「波銭なら袖にある。ほれ、じゃらじゃら音が聞こえよう」

「寄こせ、ぜんぶ寄こせ。さもないと、年増をひいひい言わしてやる」

鼻の欠けた男は女の手首をつかみ、自分の胸に引きよせた。

うしろから羽交《はが》い締《じ》めにし、汚い手を胸の谷間に差しこむ。

乳房をわさわさ揉みながら、男は黄色い乱杙歯《らんぐいば》を剝きだした。

「にひひ、やわっこいのう……うほっ、乳首が立ってきよったぞ……どうじゃ、やめてほしけりゃ銭を出せ、有り金ぜんぶ置いてゆけ」

鼻が欠けているので、笑うといっそう不気味な顔になる。

女は声もあげずに、こちらをじっと凝視《みつ》めている。

三左衛門は袖に手を入れた。

「おっと、何しゃあがる」

「銭が欲しいのだろう、ほれ」

波銭を何枚か掌に載せると、三人は生唾を呑みこんだ。

褌男のひとりが無造作に近づき、銭を乱暴に引ったくる。

地面に落ちた何枚かを、別の褌男が這いつくばって拾いあつめた。

鼻の欠けた男が、割れた女の裾に手を突っこんだ。

「おうし、それでいい。じゃあな、おめえはもう帰《けえ》っていいぞ」

「困ったな」

三左衛門は鬢《びん》を掻いた。

「何が困ったんじゃ」

「おぬしらを斬りたくなってきた」

「何じゃと」

「わしは約束を破られるのが嫌いでな。いつまでも女を放さぬつもりなら、本気になってしまいそうだ」

「阿呆《あほ》抜かせ。寸鉄も帯びてねえくせに、でけえ口叩きやがって。ふん、帯にあんのは扇子じゃろうが。扇子で人が斬れるかよ。のう、おめえら」

「そうじゃ、へへ、白刃《しらは》を持たねえ侍《さむれえ》なんぞ、ちいとも怖かねえや。牙《きば》のねえ猪《いのしし》のようなもんじゃ」

「猪といっしょにされてはかなわぬな」

三左衛門は、ずいと一歩踏みだした。

「待てこら」

鼻欠け男が懐中に手を突っこみ、錆《さ》びついた匕首《あいくち》を抜いた。

尖端を女の首筋にあてがい、うなじの臭いをくんくん嗅ぐ。

「いい匂いがする。山梔子《くちなし》の匂いじゃ」

男は赤黒い舌を出し、女のうなじをべろっと嘗《な》めた。

女はびくんとしただけで、やはり、声をあげない。

三左衛門は何をおもったか、ふっと空を仰いだ。

つられて、三人の男が上をむく。

刹那《せつな》、手桶が抛《ほう》られた。

「それ」

手桶は回転もせず、鼻欠け男の額に命中する。

「ぬわっ」

割れた額から血が流れた。

尻餅《しりもち》をついた男のうえに、三左衛門の影が覆いかぶさった。

「く、来るな」

男は叫びながら、匕首を闇雲《やみくも》に振りまわす。

が、下駄で顎《あご》を蹴られ、気を失ってしまった。

三左衛門は首を捻り、ほかのふたりを威《おど》しあげた。

「とっとと失せろ」

ふたりの褌男は気絶した仲間を引きずり、路地の奥に消えていった。

「ふん、手間の掛かるやつらだ」

三左衛門は手桶を拾い、井戸端へ近づいた。

女が襟元《えりもと》を直しながら、つっと身を寄せてくる。

「ありがとう存じます。おかげさまで助かりました」

「とんだ目に遭《あ》ったな。それにしても、叫び声ひとつあげぬとは見上げたものだ」

「怖ろしくて声が出なかったのでござります。ほら、膝小僧《ひざこぞう》はもうがっくがく」

女が裾を捲《まく》ってみせたので、三左衛門は目を逸《そ》らした。

「女ひとりでこうした場所へは来ぬほうがよい」

「これからは気をつけます」

「そなたもあれか、歯痛か」

「いいえ、わたしではありません。歯痛は旦那さまのほうで」

「旦那さまというと」

「はい、わたしは天神《てんじん》の瀧次郎《たきじろう》と申す者の妾《めかけ》、薹《とう》の立った芸者あがりの女にござります」

「すまぬ、余計なことを喋らせてしまったな」

「いいえ、あの……お武家さまは」

「わしか、ふっ、お武家さまなぞと呼ばれる身分ではない。しがない浪人者さ」

「失礼ですが、所帯はおもちで」

「女房と娘がおる」

「それはそれは、娘さんはおいくつですか」

「九つだ」

「可愛いでしょうね」

「ああ」

「わたしも子が欲しかった」

「ん、あそうかい」

三左衛門は縄釣瓶を手繰《たぐ》りながら、刷り物に載った誰かの川柳をおもいだした。

——濡れおうて、身重《みおも》になるは縄釣瓶。

水をたっぷりふくんだ釣瓶の縄を、女はじっと凝視めている。

夏のぎらぎらした陽光が、富士額《ふじびたい》の毛際に滲《にじ》んだ汗を光らせた。

「わたし、かじと申します」

女の声は妙に艶めいている。

風もないのに葉擦《はず》れが聞こえ、突如、蟬の鳴き声が耳に飛びこんできた。

二

心が揺らめいたのはつかのま、あれしきのことで心を移すほど三左衛門も若くはない。名乗っても詮無《せんな》いことなので名乗りもせずに別れたが、縁の尻尾《しっぽ》が繫がっていたのか、五日後、柳橋の夕月楼でおかじと再会することとなった。

神田や両国の界隈は、陽が落ちても夏祭りの熱気につつまれている。

金兵衛主催の句会に招かれて酒を吞んでいると、宴を張る二階座敷に芸者衆が呼びよせられ、そのなかに三味線のとびきり上手《うま》い芸者がひとりいた。

「金兵衛さん、あの芸者」

「おかじですか。唄も三味《しゃみ》もぴん、かつては柳橋界隈で知らぬ者はいないと言われたほどの芸達者でしてね」

三年前に芸者をやめ、今は橘町《たちばなちょう》で三味線指南の看板を掲げているのだが、置屋《おきや》に芸者が足りないときなどは、たまにこうして座敷に呼ばれるという。

「おかじが有名なのは芸事だけではありません」

「あげまんなのですよ。浅間さまは芝居がお好きだから、中村高麗三《こまぞう》という役者はご存知でしょう」

「ええ、河原崎座《かわらざきざ》の皐月興行《さつきこうぎょう》で切られ与三《よさ》の与三郎《よさぶろう》を演《や》りましたな。門閥《もんばつ》に属さぬ一匹狼《いっぴきおおかみ》の成りあがり者、色悪《いろあく》がぴったりはまる注目株だ」

「以前は夏芝居専門のうだつのあがらぬ役者でしたがね、おかじが芸者だったころに見込んで立てすごした。そうしたら、何年か経って花が開いたというわけです」

「高麗三の年は」

「二十八かな。おかじとは十もちがう」

高麗三は十八で役者を志し、二十五になってようやく芽が出た。顔見世、初春、弥生《やよい》興行などの目玉興行で端役をこなし、三代目尾上菊五郎《おのえきくごろう》の敵役《かたきやく》に代役として抜擢《ばってき》されたことがきっかけで人気者となった。

「おかじは芸者をやりながら、売れないころの高麗三を支えた。ふたりでひとつの膳にむかい、仲睦《なかむつ》まじく食事を摂《と》る。取り膳の仲と評判になり、周囲も羨《うらや》むほどであったにもかかわらず、高麗三は人気者になった途端に人が変わった。情のないことに、自分をここまでにしてくれた女のことが鬱陶《うっとう》しくなったんですな。無論、おかじに相手の心変わりがわからぬはずはない。高麗三に若い情婦《いろ》ができると、何の見返りも求めずに身を退《ひ》いたんです」

そのとき、おかじの潔《いさぎよ》さに惚れた人物がいた。

「奈良屋久右衛門《ならやきゅうえもん》という漬物屋の旦那が、三顧《さんこ》の礼《れい》でおかじを妾に迎えましてね」

直後、奈良屋は幕府御用達となり、たった一年で身代を十倍に膨《ふく》らませた。しかし、おかじは嫉妬《しっと》深い内儀の嫌がらせに耐えかね、これまた何の見返りも求めずに久右衛門のもとを去った。

「ほほう」

「それからというもの、どこから噂を聞きつけたのか、おかじのあげまんにあやかりたいと、何人もの旦那が言いよってきたそうです」

はなしがくるたびに、おかじは断りつづけたが、仕舞いには断るのに疲れてしまい、天神の瀧次郎とくっついてしまった。

「春の嵐が吹きあれたころと申しますから、くっついてまだ半年足らず」

瀧次郎は二枚目の四十男、材木問屋の小倅《こせがれ》に生まれたが、内証《ないしょう》の金をくすねて久離《きゅうり》を切られた過去をもつ。紆余曲折《うよきょくせつ》のすえ、芝居興行に資金を投じて大儲けを目論《もくろ》む山師《やまし》になった。

興行は水もの、資金を出すときは何やかやと美味《おい》しいことを言われ、終わってみれば大損こいていたということも珍しくない。行きはよいよい帰りはこわい、天神詣でに似ているところから、山師の多くは祟《たた》り神の天神を信仰しているとも聞く。

「よりによって、相手が山師とはな」

山師は興行権を持つ座元《ざもと》（小屋主）に請われ、みずから金主《きんしゅ》（出資者）になる場合と、瀧次郎のように複数の金主を集める役目を負う場合と二種類ある。

「なかなかどうして、食えぬ男だとか」

蛇のような執念深さと、底知れぬ冷徹さを秘めた人物らしい。

「まさに色悪、おかじは高麗三の演りそうな男に惚れちまったわけだ」

「なるほど、言われてみればそうですな」

「で、瀧次郎にとっても、おかじはあげまんだったのかな」

「噂によれば、弥生興行で大儲けしたとか。神通力は衰えておらぬようです」

「ふうん」

「浅間さま、なにゆえ、おかじにこだわりなさる」

「それがな」

三左衛門は、山伏井戸での出来事をはなして聞かせた。

「ふうむ、これも他生《たしょう》の縁《えん》というやつでしょうか」

金兵衛はふうっと、溜息を吐《つ》いた。

「じつは、おかじに相談事を持ちこまれましてな」

「相談事」

「借金です。金額を聞くまえに、手前は早合点しちまったんだが」

瀧次郎が秋興行の金主をさがしているという噂を、金兵衛は小耳に挟んでいた。それが二千両というあまりに大それた金額なので、資金を出そうとする者は誰もおらず、瀧次郎は金策に困っていると聞いたのだ。

情報通に興行の中身を聞いてみると、これがなかなか面白い。なにせ、中村座には三代目尾上菊五郎、市村座には七代目市川《いちかわ》団十郎、人気を二分する大立者を二座の座頭《ざがしら》に迎え、助六《すけろく》の競演をやらせようとの趣向だった。

助六といえば成田屋（市川家）のお家芸、他の門閥の役者に演られて団十郎が心穏やかなはずはない。しかも、相手が百戦練磨《ひゃくせんれんま》の菊五郎となれば、肩に力がはいらぬわけはなかった。

「大立者同士が面子《メンツ》を賭けた助六の競いあい、芝居好きならば見逃すことのできない趣向だな」

「でげしょう」

助六の本外題は助六由縁江戸桜《ゆかりのえどざくら》とあるとおり、本来ならば正月か弥生興行に催すべき演目、秋に桜を咲かせる趣向も面白かろうが、一歩まちがえば野暮の誹《そし》りを受けかねない。

「そこがまた話題のひとつというもの」

「なるほど」

ともあれ、当代一の役者を迎え、二座の興行を仕切るというのだから、当然、二千両や三千両の元手は掛かる。これだけの規模になると、ひとりの金主がすべてを賄《まかな》うのは難しい。それゆえ、瀧次郎のような山師が裏で動きまわり、何人かの出資者を集めてまわるのだ。

「興行は水もの、金をどぶに捨てる覚悟でのぞまねばなりませぬ。手前には二千両を捨てる勇気はない」

「そりゃそうだ」

「手前はてっきり、おかじが金策の片棒を担いでいるものとおもいこみ、何も聞かずに断ろうとおもったのです。ところが、おかじの口にした金額は二千両ではなかった。九両三分《くりようさんぶ》を貸してはくれまいかと」

「九両三分」

二千両からみれば、ずいぶん少額なうえに中途半端な金額だ。

「無論、その場で貸してやりました。されど、使い道はわかりません。聞いてくれるなと申すのです」

千両単位の金を集めようとしている山師の妾が、たかだか九両三分の金を借りて何に使おうというのか、三左衛門は少なからず興味を抱いた。

「本人に訊いてみますか。浅間さまなら答えてくれるやもしれませんぞ」

三味線専門の白芸者《しろげいしゃ》は、客と会話を交わしてはならぬという決め事がある。

そのため、三左衛門が呼ばないかぎり、おかじは挨拶に来ることもできない。

「どうなされます。酌《しゃく》でもさせましょうか」

「いいや、遠慮しておこう」

おかじはしきりにこちらを気にしながら、三味線を弾きつづけている。

「ところで、浅間さま、歯痛のほうはいかがです」

「おもいだしたら、疼いてきた」

「梨《なし》の芯《しん》で磨きなさると治るらしいですぞ。それでも駄目なら、信州《しんしゅう》の戸隠神《とがくしじん》社《じゃ》へ詣《もう》でなされ」

たしかに、戸隠神社は歯の神として知られている。

「最後は神頼みか」

「そういうこと」

「にしても、信州は遠すぎる」

三左衛門は金兵衛の酌で盃を嘗めつつ、おかじの唄声《うたごえ》に耳をかたむけた。

三

おかじは金兵衛に所在を聞き、翌日、水菓子を携えてわざわざ照降町の九尺《くしゃく》店《だな》までやってきた。

三左衛門は海釣りに出掛けていたので、事情を知らぬおまつが代わりに応対した。

それがまずかった。山伏井戸での出来事を内緒にしていたからだ。

正午近く、三左衛門は釣果《ちょうか》も無く、魚のかわりに知りあいの鳥屋で絞めてもらった軍鶏《しやも》をぶらさげて帰った。

「あら、それが釣果ですか」

と、おまつはよそよそしい。

「ちと精をつけようとおもうてな。おまつ特製の出汁《だし》で今宵は軍鶏鍋としゃれこもう」

「精をつけてどうなさるおつもり」

「おつもりときたか。三伏《さんぷく》の暑さに負けぬようにとおもうたまでさ」

「あらそう」

「どうした、何を怒っておる」

「怒ってなどおりませぬ。今し方、おかじさんがお見えになりましたよ」

「げっ」

「おやおや、うろたえなすったね」

「何を言う。うろたえてなぞおらぬ」

「そうですか。なら、いいんですけど」

三左衛門は軍鶏をぶらさげて突っ立ったまま、敷居の内へ入れてもらえない。

上がり框《かまち》には、おかじが携えてきたのであろう西瓜《すいか》がまるごと置いてあった。

「おまえさん、何も喋ってくれないもんだから、恥をかかされたじゃないか」

「すまん、すまん」

「山伏井戸でのこと、根掘り葉掘り聞いちまったよ。何で喋ってくれなかったの」

「何でと言われてもなあ」

「ごろつきどもを痛めつけてやったそうだね。おまえさんの口から武勇伝を聞きたかったのに」

皮肉まじりに詰《なじ》られ、三左衛門は口を尖らせた。

「おかじさんはわたしより年上だけど、まだまだ色気はたっぷりある。もしや、おまえさん、気を移したんじゃ」

「ないない、それはない」

「だったら何で黙っていたの。わたしが悋気《りんき》を抱くとでもおもったのかい」

「まさか」

食いつめ者にからまれた女を助けるのは当たり前、おまつに隠す必要はひとつもなかった。隠した理由は自分でもわからない。ただ、茹だるような暑さのなかで汗ばんだ膚が陵辱《りょうじょく》される光景をおもいだし、喋るのを躊躇《ためら》ったような気がする。

　おかじに気を移したわけではけっしてないが、白い膚に動揺させられたのは事実だ。そのことを、おまつに悟られたくはなかった。

「あげまんなんだってね、あのひと」

「知っておったのか」

「噂には聞いておりましたよ。売れない役者を立てすごし、そいつに捨てられたあとは漬物屋のお妾になった。本妻と折り合いが悪くて漬物屋と別れたあとは、山師とくっついたってね」

　ことばの端々に棘《とげ》がある。おかじの生きざまが気に食わぬのか。

　それとも、数多《あまた》の男に言いよられる人生が羨ましいのだろうか。

「羨ましかないよ、ちっとも」

だいいち、男たちはおかじに惚れるのではない。おかじの生まれもった強運に惚れるのだと、おまつは言う。

「神棚に祀《まつ》られたお札とおんなじさ。慈《いつく》しまれるのではなく、拝まれる人生なんて、わたしゃごめんだね」

　おかじも最初はちがっていた。あげまんなぞと持ちあげられるようになったのは、のちのことだ。高麗三とは相思相愛、八寸膳を半々にして向かいあい、食事をともにするほどの仲だった。むしろ、ふたりで苦労したころが、おかじにとって幸福な時期であったのかもしれない。

「わたしもそうおもうよ。何だか、あのひとが可哀相《かわいそう》になってきた。憎たらしいのは高麗三さ。いくら芝居が上手でも情のない男はだめだね、客も興醒《きょうざ》めしちまうよ。なるほど、立てすごした相手が偉くなった途端、別の若い女に気をむける、よくあるはなしさ。それが人気稼業の役者ならなおのこと、お手軽な連中にちやほやされるうちに自分を見失っちまうんだ」

つかのまの人気に甘え、精進を怠《おこた》れば客はすぐに離れてゆく。客にそっぽを向かれたら役者人生は終わり、花のように散る運命を待つだけだ。

「高麗三が花と散ったら、おかじはさぞかし悲しむであろうな」

「どうだろうね。落ちぶれてもいいから戻ってきてほしいと、そうおもっているかもしれない」

「濡れおうて、身重になるは縄釣瓶」

「何だい、それ」

「おかじは井戸端でしみじみとつぶやいてみせた。自分も子が欲しかったと」

「へえ」

「高麗三の子が欲しかったのかもしれんな」

「きっと、そうだよ」

「そういえば、妙なことを聞いたのだ」

三左衛門は、おかじが金兵衛に九両三分の金を借りたと告げた。

「ひょっとしたら、高麗三と関わりがあるのかもしれぬ」

「図星《ずぼし》だよ」

「え」

「九両三分ってのは手切れ金さ」

「手切れ金」

「うん」

十両盗んだら首を刎《は》ねられるのがお上の定めた御法度《ごはっと》、十両に一分足りない九両三分なら盗んでも首は繋がる。

「首を無くすか手を切るか、選ぶ道はふたつにひとつ……とね、性悪女はそんなふうに啖呵《たんか》を切り、掌を差しだすのさ」

九両三分は手切れ金の相場なのだと、おまつは自信たっぷりに言ってのける。

高麗三は性悪女に引っかかったのだ。それで、どうしても金が必要になり、昔馴染みのおかじに泣きついた。

「九両三分くらい、売れっ子役者なら自分で用立てられるだろうに」

「そうでもないらしいよ」

博打にうつつを抜かし、借金で首のまわらない役者なんざ掃いて捨てるほどいる。

「むかしの情夫《いろ》に泣きつかれ、おかじは断ることができなかった。遣い道が遣い道だけに今の旦那から金を借りることもできない。切羽《せっぱ》詰まって金兵衛さんに頭をさげた」

「おおかた、そんなところでしょうよ。でも、これ以上は他人が穿鑿《せんさく》することじゃないからね」

びしっと釘を刺され、三左衛門は押し黙った。

「男を立てすごすのは、度量の広い女のすることだ。情が深いうえに肝《きも》っ玉《たま》も据わっていなけりゃできない。いちどは裏切られた男に頼られて、おかじさんは戸惑った。でも、きっと嬉しかったにちがいない」

「そんなものか」

女心とは複雑なものだ。

「それにしても、惚れた相手の弱味につけこむ高麗三の遣《や》り口《くち》は許せないね」

おまつはいつのまにか、おかじに同情している。

「山師の瀧次郎ってのは怖い男らしいから、このはなしがばれたら大事《おおごと》になるよ」

たしかに、そのとおりだ。

高麗三が地方巡業に行かず、江戸に留まっているとすれば、早晩、ひと悶着《もんちやく》あるにちがいないと、三左衛門はおもった。

四

西にかたむきかけた太陽を背負い、みずからの影を踏むように歩んでいると、毛穴から汗が吹きだしてきた。

「暑い」

こんなことなら、夕暮れまで部屋にじっとしていればよかった。

もっとも、じっとしていることができれば、そうしていただろう。

奥歯の疼きに耐えかねて、部屋を飛びだしたのだ。

昨日食った西瓜のせいか、それとも、軍鶏の肉を頬張りすぎたせいか、今朝になって強烈な歯痛に襲われた。

口中医高杉良白《たかすぎりようはく》の看立所《みたてじよ》は、通旅籠町《とおりはたごちよう》の裏手にある。芝居町を突っきり、人形町通りを北へ行ったさきだ。

良白は江戸随一との呼び声も高い口中医、相模《さがみ》や下総《しもうさ》などからも足をはこぶ者がいるほどの人気者であった。

屋敷は広く、垣根のうえから向日葵《ひまわり》が何本も顔を覗かせている。

遠方から来る者は、この向日葵を目印にして探しあてるという。

待合いには五人の男が座っており、いずれも深刻な顔で壁や床を睨んでいた。

板戸ひとつ隔てたむこうからは、時折、耳を塞ぎたくなるような悲鳴が聞こえてくる。

歯を抜かれる痛みに耐えきれず、患者が叫んでいるのだ。

良白は年齢不詳《ふしよう》だが、還暦を越えていることはたしかだった。顔もからだも骨張っており、髪だけは黒々としている。おそらく、染めているのだろう。撫でつけた総髪を振りみだしながら、鋏《やつとこ》に挟んだ虫歯を抜く。治療の様子を目にした者で逃げださぬ者はまずいない。

「ぎぇえええ」

またもや、悲鳴があがった。

地獄の亡者が叫ぶとすれば、まさに、こういった感じだろう。

板戸が開き、歯を抜かれた患者が死人のような顔であらわれた。

すでに気を失っており、仲間の手で床を引きずられてゆく。

それを眺めていた三人が、待合いからそっといなくなった。

「はい、つぎの方」

良白の疳高《かんだか》い声が響き、厳《いか》つい浪人者が立ちあがった。

浪人者が板戸のむこうへ消えると、ひとり残った男が囁《ささや》きかけてきた。

「まるで、土壇《どたん》へ連れだされた咎人《とがにん》のようなお顔でしたなあ。つぎは我が身とおもえば笑うに笑えぬ」

口をひんまげてみせるのは、恰幅《かっぷく》の良い商家の旦那然とした男だ。

「失礼ですが、お武家さまも右の奥歯のようですな」

「さよう、今日という今日は抜いてもらう覚悟でまいった」

「手前も同様にござります。先日、良白先生のお言いつけにしたがい、山伏井戸の水を汲みにまいりましてな、ここ数日のあいだ口を漱ぐなどしてみましたが、痛みはいっこうに引く気配もない。眠れぬどころか、算盤《そろばん》もろくに弾《はじ》けぬ始末」

「山伏井戸ならば、拙者もまいったぞ」

「もしや、梨の芯で歯をお磨きに」

「ふむ」

「ははは と、はの字が八つ、病《や》む歯の絵馬《えま》を氏神様へ奉納なされましたか」

「したした」

「やはり」

「それでも痛みがおさまらぬゆえ、いよいよ戸隠神社へまいろうかともおもったが、信州はあまりに遠すぎる」

「ええい、ままよ、いっそ抜いてしまえと覚悟を決めた」

「そういうこと」

「うほほ、おなじにござりますな。これも何かのご縁、どうぞお見知りおきを。申しおくれましたが、手前は神田須田町で漬物屋を営む奈良屋久右衛門にござります」

三左衛門は、あっと声をあげそうになった。

「どうなされました」

「いや、まいった、こんなこともあるのかと」

　山伏井戸でおかじを暴漢から救ったはなしをすると、久右衛門は驚きを隠せぬ様子で語りはじめた。

「おかじには済まないことをしたと、今でもおもうております。なにせ、手前は入り婿なもので、内儀に強いことも言えません。奈良屋の身代が大きくなったのは偶然ではない。やはり、おかじが福を呼んでくれたものと、今でも信じております。できることなら、手許に置いておきたかった。手前が手放してしまったせいで、おかじは不幸になったのです」

「不幸になったとはどういうことだ」

「瀧次郎にござりますよ。あの男は山師です、運を食いつくされるにきまっている。食いつくされたあげく、ぽいと捨てられるのです、可哀相に」

「可哀相だとおもうなら、拾ってやればよい」

「そうもいかぬのが辛いところで」

「奈良屋さん。あんた、瀧次郎に恨みでもあるのか」

「恨み……そうですなあ、似たような感情はたしかにござります。でも、どちらかといえば妬《ねた》みのほうにちかいかもしれませぬ。あの男、押しだしも喋りも申し分ない。対座した者を丸呑みにしてしまうがごときあの迫力、若さ、精力、すべてに嫉妬しておるのかもしれませぬ」

「瀧次郎という男を存じておられるのか」

「ええ、つい先日、秋芝居の金主にならぬかと持ちかけられましてな」

「もしや、二座で助六の競演を演らせるという目論見《もくろみ》」

「おう、それそれ」

「で、金主には」

「なりました、提示された二千両は無理だが、千両ならば出してもよいと、うっかり返事をしてしまったのです。おかじはこの一件を知らぬ。瀧次郎の一存で頼みにきたというはなしでしたが、おかじに罪滅ぼしをしたいという気持ちが手前にはござりました」

「罪滅ぼしに千両とはな」

「おかじは何の見返りも求めずに、手前のもとを去っていきました。おそらく、そうすることがおかじという女の意気地、生きざまなのでしょう。奈良屋のこうむった恩恵にくらべれば、千両なぞ安いものです。ともあれ、芝居は水ものですから、千両は捨てる覚悟で出さねばなりませぬ。今にしておもえば、瀧次郎に上手くやられたような気もいたしますがね……それはそうと、高麗三が河原崎座の舞台に出ておるのはご存知ですか」

「いいや、知らなんだな」

地方巡業の路銀を捻出《ねんしゅつ》できず、高麗三は怪談物の主役を演じていた。

若い情婦に懇願されて女房を毒殺し、仕舞いには化けてでた女房にとり殺されるという役柄だ。

客の入りは、夏芝居にしては上々らしい。

三左衛門は怪談物が嫌いなので、足をはこぶ気にもならなかった。

奈良屋のはなしに聞き入っていたら、歯痛は嘘のようにおさまった。

「なにやら、手前もおさまってまいりました」

「どういたそう」

迷っているところへ、とんでもない悲鳴が聞こえてきた。

「あな怖ろしや、さきほどのお武家さまですな」

「今日はやめておくか」

「そういたしましょう」

ふたりは揃って立ちあがり、良白に挨拶もせずに看立所をあとにした。

五

瀧次郎は奈良屋久右衛門にたいし、興行収入の配当率を高くするかわりに、千両の前渡しを要求してきた。市村座も中村座も台所事情は火の車と聞いていたので、ここはひとつ俠気《おとこぎ》をみせようと、奈良屋は要求を吞んだ。

日時は七日の夜六つ半（午後七時）、受けわたし場所は柳橋の夕月楼にてとりおこなう。

三左衛門は夕月楼の金兵衛に口を利いてやり、ついでに用心棒役まで引きうけた。奈良屋は筋違橋《すじかいばし》御門そばの神田須田町にあり、柳橋までは神田川沿いの柳原土手をたどってゆかねばならない。

歩けばけっこうな長さだし、夜道は暗い。まんがいちのことを考え、奈良屋は有賀甚八郎《ありがじんぱちろう》という用心棒を雇った。有賀だけでは心配なので、三左衛門にも「是非《ぜひ》ともお願いしたい」と頭《こうべ》を垂れたのだ。

用心棒などできやせぬといちどは断ったが、歯病み同士の仲ではないかと諭された。しかも、手間賃に一両くれるという。このごろは釣りの餌代にも困っていたので、咽喉から手が出るほど欲しい金だった。

なにしろ、八《や》ツ小路《こうじ》から柳橋まで、てくてく歩《あゆ》むだけで一両になるのだ。

これほどうまいはなしはないと自分に言い聞かせ、三左衛門は頼みを引きうけた。

当日夕刻、奈良屋を訪ねてみると、瘦身《そうしん》で手足のやたらに長い四十男が、にやにやしながら近づいてきた。

「浅間三左衛門どのか」

「いかにも」

「拙者は有賀甚八郎、よろしく」

「こちらこそ」

有賀は月代も無精髭もきれいに剃りあげ、顴骨《かんこつ》の張った顔のなかで切れ長の眸子を光らせている。

どことなく自分とおなじ匂いを嗅ぎとり、三左衛門は顔をしかめた。

「お察しのとおり、拙者は故あって藩を逐《お》われた身。生まれは武州《ぶしゅう》桶川《おけがわ》でござる」

「桶川といえば紅花《べにばな》ですか」

「さよう、今時分は野面に咲きほこっておりましょう」

「出奔《しゅっぽん》して何年になります」

「ちょうど三年。江戸に来てからは内職で口を糊《のり》してまいったが、効率よく稼げるのは用心棒だと気づいた」

「ご家族は」

「身重の妻がおります」

「それはそれは」

「ふっ、金が要るのですよ」

有賀は自嘲しながら、目を伏せた。

「浅間どの、ご流派は」

「これといってござらぬ、有賀どのは」

「田宮流《たみやりゅう》です」

居合と察し、三左衛門はおもわず身構えた。

「はは、ご安心めされ。拙者が修得したのは板の間剣法、人を斬ったことなどござらぬ」

嘘だ、血の臭いがする。

なぜ、嘘を吐くのだろうか。

答えを探しあぐねていると、奈良屋久右衛門が手代をともなってあらわれた。

「お待たせいたしました。御神酒《おみき》を用意させましたので一杯どうぞ」

「うほっ、そいつはいい」

有賀もいける口のようで、心底から嬉しそうな顔をする。

「邪気払いにござりますよ。のこりは夕月楼のほうで」

「そういたすとしよう。ひと仕事済ませたあとの酒は美味かろうからな。のう、浅間氏《うじ》」

三左衛門は応じるかわりに、盃をすっと干した。

「さ、みなさま、まいりましょう」

肝心の千両は奈良屋本人と手代が五百両ずつ携え、用心棒ふたりが背後から守る。奈良屋は酒がはいったせいか、江戸紫《えどむらさき》の鉢巻《はちま》きを額に締め、太鼓腹《たいこばら》を突きだして上機嫌に河東節《かとうぶし》を唸りだした。

「……大江戸八百八丁に隠れのねえ、杏葉牡丹《ぎょようぼたん》の紋付も桜に匂う仲の町、花川戸の助六とも揚巻《あげまき》の助六ともいう若え者、間近く寄って面相拝みたてまつれい……ぬはは、いかがです、浅間さま」

「黒紋付に蛇の目傘をさしゃ、ちいと肥った助六のできあがりだな」

「うほほ、おありがとう存じます。さあて、そろりとまいりましょうか。柳原土手に夜鷹は出ても、辻強盗の出た験《ため》しはない。そうは申しても腕に抱えまするは一千両、用心するに越したことはない。石橋を叩いて渡れというやつで」

左手の神田川に沿って、大振りの柳が点々とつづいてゆく。

南天を仰げば何やら不吉な兆《きざ》し、上弦《じょうげん》の赤い月がそこにある。

生ぬるい風が吹きぬけるたびに、柳の枝が誘うように揺れた。

日没からまだ半刻（一時間）も経っていないのに、土手際の道は薄暗い。

手代の翳《かざ》す提灯が、時折、夜鷹の影を浮かびたたせた。

四人は黙々と、おなじ歩調でさきを急ぐ。

和泉橋、新《あたら》シ橋《ばし》と越えれば、柳橋はすぐそこだ。

ほっとひと息ついたところで、右手に高い塀がみえてきた。

「郡代屋敷《ぐんだいやしき》ですな」

奈良屋がわざわざ足をとめ、猪首《いくび》を捻りかえす。

赤い月は朧《おぼろ》に霞《かす》み、周囲に人影はない。

「ひゅっ」

有賀が息を吸いこんだ。

紫電一閃《しでんいっせん》、刃風が唸る。

鋭利な切先が鼻面に伸びてきた。

咄嗟《とっさ》に仰《の》けぞり、一撃を躱《かわ》した。

横っ飛びに跳ね、地面を転がる。

亀のように首をもちあげれば、奈良屋と手代が地べたに俯《うつぶ》していた。

風呂敷から飛びだした木箱の蓋《ふた》が外れ、燦爛《さんらん》と光を放つ小判がこぼれおちている。

有賀は撞木足《しゆもくあし》に構えたまま、本身を鞘《さや》におさめた。

「浅間三左衛門、おぬし、できるな」

「奈良屋は死んだのか」

「案ずるな、手代ともども峰打ちだ」

「狙いは千両か」

「ほかに何がある。守って一両、盗めば千両。ふっ、貴公ならどっちを選ぶ」

「おぬし、奈良屋に信頼されておったのだろう」

「まあな」

「裏切るのか」

「詮方《せんかた》あるまい。仕官するには金が要る。賄賂《わいろ》だの何だのとな」

「仕官するのか」

「ああ、江戸をはなれて西へ行く。生まれてくる赤ん坊のためさ。父が用心棒稼業では可哀相だろう」

三左衛門は立ちあがり、裾の土埃を払った。

「有賀よ、この一件、おぬしの一存ではなさそうだな」

「冴えておるのう。おぬしもひと口乗るか。何なら口を利いてやってもよい。少なく見積もっても五十両にはなるぞ」

「おぬしの尻を搔いたのは、天神の瀧次郎か」

「さあて、名までは言えぬ。ただ、そやつも必死さ。今晩じゅうに五百両の金を用立てることができなければ、鱠斬《なますぎ》りにされるらしいからな」

「ふうん、いろいろと事情があるのだな」

「どうする、仲間になるか。それとも、漬物屋に義理立てして命を落とすか」

有賀はぐっと腰を落とし、三白眼《さんぱくがん》に睨みつけてくる。

三左衛門は顎を引き、ゆったりとした調子で喋った。

「おぬし、人を斬ることに躊躇《ためら》いはないのか」

「ない、拙者はこれまでに五人斬った。ふたり目からは藁束《わらたば》を斬るのとおなじ感覚でな」

「斬られる者の痛みを知らぬからだ」

「知らずともよい。知ろうともおもわぬ」

「わしが教えてやろうか」

「ふっ、やるのか。六人目になっても知らぬぞ」

有賀は本身を抜かず、じりっと間合いを詰めてくる。

「ひゅっ」

闇が揺れ、鋭い閃光がほとばしった。

下段から、白刃が猛然と薙《な》ぎあげられた。

通常ならば、腹を縦に裂かれたところだ。

が、三左衛門は、相手の一撃を上段から黒鞘で叩きおとした。

大刀を鞘ごと帯から抜き、本身を抜かずに振りおろしたのだ。

有賀は弾けるように身を離し、怒りの眸子をむけてきた。

「何のつもりだ」

白刃には白刃で受ける、剣客ならばそれが礼儀ではないかと主張したいらしい。

「人斬りにも作法があるのか」

三左衛門はあくまでも、黒鞘から本身を抜こうとしない。

「よかろう。つぎは容赦せぬぞ」

有賀は眉間《みけん》に筋をつくり、ふたたび、本身を鞘におさめた。

双方とも考えはおなじ、つぎの一手で勝負を決めるつもりだ。

「すりゃっ」

こんどは、三左衛門がさきに動いた。

受け身にまわれば、居合はいっそう勁《つよ》さを発揮する。

相手はこちらの太刀ゆきを見極め、抜き際の一撃で仕留めようとするだろう。

だが、有賀は面食らっていた。

三左衛門は本身をおさめた黒鞘を八相《はっそう》に構え、撃尺の間合いに踏みこむや、中段から鞘の鐺《こじり》を突きだした。

「なんの」

有賀は鞘を強烈に弾いた。

と同時に、黒鞘は抜けおち、蛤刃《はまぐりば》の白木があらわれた。

「な、竹光か」

驚愕《きようがく》とともに、有賀の気が洩れた。

一瞬の間隙《かんげき》を衝き、三左衛門は脇差を抜いた。

「ふん」

ぶしゅっと脾腹《ひばら》を裂き、鮮血の尾を曳きながら走りぬける。

「うぐっ」

有賀は片膝を折《お》り敷《し》き、首を捻りかえす。

「浅いぞ、わざとやったな」

三左衛門は血振るいをし、素早く脇差をおさめた。

「動かぬほうがよい。下手に動けば臓物《ぞうもつ》が飛びだすぞ」

「くそっ……わかっておるわ」

押さえた手のあいだから血が流れおち、地面を赤く染めた。

「傷口を塞いでほしいか」

「頼む」

「よし」

大股で近づくと、有賀は刀を抛《ほう》りなげた。

三左衛門は血に濡れた着物を裂き、帯と手拭いで手早く止血してみせた。

「す……すまぬ」

「いいさ」

「貴公、まるで、金瘡医《きんそうい》のようだな」

「本物の金瘡医に縫ってもらうがよい」

「おぬしの流派を……お、教えてくれ」

「富田流だ」

「ちっ、富田流の小太刀か。ぬかったわ」

「おぬし、これからどうする」

「わからぬ」

「江戸を捨て、西へ行くのであろう」

「もはや、西でも東でもよくなった」

ともあれ、一刻も早く江戸から出ていきたいらしい。

有賀は立ちあがり、腹を押さえてよろよろ歩みだす。

「おい、忘れ物だぞ」

三左衛門は刀を拾い、手渡してやった。

「か……かたじけない」

「おぬしに意見する柄ではないが、人を殺《あや》めて稼いだ金で仕官が叶《かな》ったとしても、おぬしの心は満たされまい。心に深い闇を抱えながら、生きてゆかねばならぬのだ」

「いまさら、どうせよと。拙者はすでに……ご、五人もの人を殺めておるのだ」

「赤貧のなかで罪を悔《く》いながら生きよ。そのほうがどれほど楽なことか」

「それが貴公の……た、たどってきた道か」

「さあな」

「二度と逢うこともなかろう、さらば」

有賀は項垂《うなだ》れ、足を引きずりながら遠ざかってゆく。

ふと、柳の木蔭に人の気配が立ち、すぐに消えてなくなった。

「もしや……天神の瀧次郎か」

闇の狭間に目を凝《こ》らしても、それらしき人影をみつけることはできない。

三左衛門は腰を屈め、小判を拾いはじめた。

六

毎月十日は湯島天神の縁日、三左衛門はおまつとおすずを連れて女坂を登った。

湯島天満宮の御本尊は言うまでもなく、菅原道真《すがわらみちざね》である。和歌や連歌、芸能や書道の神として、さらには縁結びの神としても人々に遍《あまね》く崇《あが》められている。それを証拠に境内の一隅には縁結びの石柱が立っており、盛夏に拝んだ者は良縁に恵まれると信じられていた。

おまつは人一倍縁起を担ぐ。男女の縁を結ぶ十分一屋としても、迷信は無視できない。ゆえに、縁日の出店を素見《ひやかし》がてら家族総出で訪れたのだ。

天満宮は高台にあった。東南側の崖下から登る坂道はふたつ、高みに聳《そび》える鳥居にむかって左側の急坂は男坂、右側の緩やかな坂は女坂と呼ばれている。

途中に足休みもあるので、女坂を登る者のほうが多い。

毎月十日と二十五日の縁日、それから十六日に催される富籤《とみくじ》興行の日、境内には植木市をはじめとする香具師《やし》の床店《とこみせ》が所狭しと並び、門前の料理茶屋は大忙しとなる。

三人は女坂を登りつめた。

澄みわたった青空のもと、眼下北方には池之端《いけのはた》の町並みがみえる。碧色《へきしょく》の不忍池《しのばずのいけ》に突きだした中島、寛永寺《かんえいじ》の伽藍《がらん》や上野山の清水堂《きよみずどう》なども遠望された。東方に目をむければ下谷広小路の賑わいが聞こえてくるようだし、南方の遥かな蒼海《そうかい》には佃島《つくだじま》の島影を見渡すことができる。

おすずは梅干しの種を囓《かじ》り、おまつにきつく叱られた。

「種まで囓ったらだめだって、何度言ったらわかるんだい」

おまつにいくら叱られても、おすずはやめようとしない。

「種のなかから、天神さまが出てきなさるよ」

かりっと囓った割れ目から、白い種があらわれる。

種はからだに毒だと信じられており、祟り神の菅原道真に喩《たと》えられた。

「ほうら、天神さまが出てきただろう」

「うえっ」

おすずはようやく、種を吐きだした。

おまつは着物の褄《つま》を取り、とっととさきに歩んでゆく。

狭い境内の左端には「柳《やなぎ》の井《い》」と呼ばれる名水があった。

「おまえさん、ご存知かい。あの水で髪を洗えば、どんなに固く結んだ髪もはらりと解《ほぐ》れるんだよ」

「歯痛にも効くのか」

「さあ、どうだろう。歯痛に効くってはなしは聞いたことがないねえ。痛むのかい」

「じくじくとな」

「良白先生に抜いてもらわなくちゃね」

看立所に響く悲鳴が、耳に甦《よみがえ》ってくる。

「抜くのはごめんだ」

「ふん、いい大人がさ、虫歯を抜かれて泣いちまうって聞いたよ。おまえさんもその口なのかい。呆れかえってそっくり返って天神さまの脇差だね」

井戸から少し離れたところに、人垣ができていた。

「何かあったのかい」

おまつは、職人風の若い男を呼びとめた。

「男が死んでいやがるのさ」

「なんだって」

「おかみさんとお嬢ちゃんはみねえほうがいい。ほとけは顔もからだも滅多斬《めったぎ》りにされている」

「まいったな」

三左衛門は、ふうっと溜息を吐いた。

「おまえさん、どうしよう」

「おすずを連れて帰っておれ」

「うん、そうするよ。おまえさんは」

「ほとけを拝んでくる」

おまつはおすずの肩を抱き、女坂を下りていった。

三左衛門は人垣を掻きわけ、最前列へ躍りだした。

石灯籠《いしどうろう》にもたれかかったほとけは、無惨にも額や頬をずたずたに切られ、もとの顔が判別できぬほどだ。

しかし、三左衛門にはそれが誰なのか察しがついていた。

「こいつは天神の瀧次郎だぜ」

と、かたわらの鳶《とび》が吐きすてた。

「洒落《しゃれ》で天神さまの境内に晒《さら》したのさ」

「罰当《ばちあ》たりにもほどがある」

禰宜《ねぎ》らしき人物が怒りあげ、口から泡を飛ばす。

「神仏なぞ屁ともおもわねえやつらの仕業《しわざ》さ」

またも、さきほどの鳶が応じてみせた。

「おかじの運《ツキ》もこれで落ちたな」

鳶の台詞《せりふ》を聞いた途端、三左衛門は踵を返した。

おかじの身に危険がおよぶのではないかと、即座におもったのだ。

瀧次郎が多額の借金を抱え、期限まで返済できずに殺されたとすれば、相手は少しでも金を回収しようと躍起《やっき》になるはずだ。妾のおかじが岡場所へ売りとばされぬともかぎらない。

三左衛門は急な男坂を駆けくだり、神田川を渡った。

炎天下、町屋の裏道に突きでた庇の蔭を伝い、それでも汗みずくになって通《とおり》油町《あぶらちょう》に達する。通油町のさきから浜町堀に架かる千鳥橋《ちどりばし》を渡れば、そこは転び芸者が多く住む橘町であった。

転び芸者とは文字どおり、酔ったふりをして男にしなだれかかり、褥《しとね》へ誘いこもうとする女のことだ。芸者は以前は踊子《おどりこ》と称され、三味線や踊りを売りとして、武家屋敷などに呼ばれて重宝されたものだが、昨今は零落《れいらく》の一途《いっと》をたどり、一分金一枚で誰とでも褥をともにする転び芸者が増えてきた。

ことに、いかがわしい蘭方薬《らんぽうやく》を売る三丁目の大坂屋《おおさかや》近辺には、転び芸者が数多く住んでいた。

おかじの住む棟割長屋も、三丁目の裏通りにある。

山師の妾といっても、住んでいるのは九尺二間《くしゃくにけん》の狭苦しい部屋だ。

棟割長屋には女だけしか住んでいないようだった。

露地裏に植えこみや鉢植えがめだつのは、そのせいだろう。

三味線指南の看板を掲げているので、おかじの部屋はすぐにわかった。

腰高障子の脇には山梔子が植えられ、白い花を咲かせている。

三左衛門は意を決し、障子戸を敲《たた》いた。

「ごめん、おかじどのはご在宅か」

「どなたさまでしょう」

「浅間三左衛門と申す」

返事はなく、しばらくして障子戸が開いた。

暗い顔の女が、泣き腫らした目で立っている。

「瀧次郎のこと、耳にしたようだな」

「はい、ご親切な方に報せていただきました」

「そうか」

「あの、何のご用でしょう」

「ん」

あらためて糺《ただ》され、答えに詰まった。

そなたの身が案じられ、湯島天神から息を切らして駈けつけた。などと言ったら、誤解されてしまうだろう。

「先日の西瓜、あれは美味かった」

とんちんかんな台詞を吐き、三左衛門は額の汗を拭った。

「なかへどうぞ」

「すまぬ」

「そこへお座りくださいな」

言われたとおりに上がり框へ座ると、おかじは盥《たらい》を持ちだし、手桶で瓶《かめ》から水を汲んで注ぎいれた。

「待ってくれ。そのようなことをされては困る」

「ご遠慮なさらずに。さ、おみ足を」

抗《あらが》いがたいものを感じ、三左衛門は盥に素足を浸けた。

ひんやりとして、生きかえった心地になる。

おかじは手馴れた仕種《しぐさ》で、踵《かかと》や指を揉みほぐしはじめた。

「いかがでしょう」

「すまぬ」

「さきほどから謝ってばかり」

口に出しては言えぬが、天にも昇る気分だ。

「旦那さまのおみ足を、いつもこうして濯いでおりました」

いきなり、興が醒《さ》めた。

「さようか」

素っ気なく頷いて足を引っこめ、三左衛門は自分の手拭いで水気を拭きとった。

「瀧次郎は秋芝居について、そなたに何かはなしておったか」

「いいえ、何も」

「やはりな」

「どういうことです」

「じつはな、瀧次郎はとんだ狂言を演じ、奈良屋久右衛門から千両を奪おうとしたのだ」

柳原土手の出来事までの経緯をはなしてやると、おかじは驚いてことばを失った。

「たしかに……旦那さまが借金をこさえているのは存じておりました。でも、そんなに大それた額だったとは」

「借金の相手に心当たりは」

「ござります。本所《ほんじょ》の夜鷹屋《よたかや》十郎兵衛《じゅうろべえ》という方から借りたのだと、旦那さまの口から聞いたことが」

「夜鷹屋十郎兵衛か」

本所吉田町《よしだちょう》の夜鷹会所を仕切る闇の棟梁《とうりょう》、数千人の私娼を束ねる大物にほかならない。

三左衛門は以前、阿漕《あこぎ》な金貸しを懲《こ》らしめるべく、十郎兵衛に協力を仰いだことがあった。皺顔《しわがお》の老爺だが、巌《いわお》のようにどっしりとした物腰に圧倒されたのを憶えている。たしかあのときは、弥平次《やへいじ》という見るからに危なそうな男を紹介された。

関わりたくもない厄介な相手だ。瀧次郎はおそらく、殺されても文句が言えないような不義理をしたのだろう。

「おかじどの、相手がどんな連中かわかっておるのか」

「はい、薄々は」

「脅すわけではないが、瀧次郎がこうなった以上、おまえさんにも累《るい》が及ばぬともかぎらぬぞ」

「わざわざ、それを仰《おつしや》りにみえたのですか」

「ん、いや、別にそういうわけではないが」

「ご心配にはおよびませんよ。覚悟はできておりますから」

「覚悟だと」

三左衛門は、瞬時に察してしまった。

いざとなれば、おかじは死ぬ気なのだ。

「ただ、ひとつだけ心残りがございます」

「高麗三のことか」

「はい」

「そなた、夕月楼の金兵衛から九両三分を借りたな、あれは」

「手切れ金にございます」

高麗三は破落戸《ごろつき》の情婦に粉をかけられ、まんまと騙されたあげく、手切れ金を要求された。

「なぜ、そなたが用立ててやらねばならぬのだ」

「致し方ございません。日照りのときは大樹の木蔭、雨降りのときは雨宿りの庇、高麗三の蔭として生きるのが、わたしという女の生き甲斐《がい》なのでございます」

「高麗三はそなたのおかげで人気役者になった。にもかかわらず、そなたを捨て、金に困ったときだけ顔を出す。そんな情のない男のどこがよいのだ」

「わかりません。どこがよいのかと訊かれても、ただ」

「ただ、何だ」

「わたしは、最後の湊《みなと》になりたいのです」

「最後の湊」

「将来、高麗三が落ちぶれて帰るところがなくなったら……それをおもうとわたし、不安で眠れなくなってしまうんです……すみません、他人様のご親切に甘え、詮無いはなしをしてしまいました」

三左衛門は、無性に腹立たしくなった。

男に惚れぬいた女の強さと脆《もろ》さ、うらはらでありながらぴったり重なるふたつの感情を見せつけられ、自分もふくめた男というものの身勝手さに腹が立ったのだ。

「浅間さま、わたしのような女のことをご心配いただき、ほんとうにありがとうございます。もう、これ以上のお助けはご無用にございます。どうか、おまつさまにもよしなにお伝えくださ い」

おかじは三つ指をつき、深々と頭を垂れた。

白い首筋がほんのりと上気し、汗ばんだうなじのあたりから、山梔子の甘い香りが匂いたった。

七

三左衛門は憑《つ》かれたように、本所の吉田町へむかった。

柳橋から猪牙《ちょき》に乗り、大川を突っきって竪川《たてかわ》、横川《よこかわ》と巡ってゆく。

陽は大きく西にかたむき、背にした空は燃えるような茜色《あかねいろ》に染まっていた。

請われたわけでもないのに、おかじのために動こうとしている自分が愚かしい。

ただ、ここでおかじを見捨てたら、後悔するような気がしていた。

世の中には見返りを求めず、男としてやらねばならぬこともある。

気負った心持ちをぶらさげたまま、三左衛門は陸《おか》へあがり、太鼓暖簾《たいこのれん》をはためかせた夜鷹会所の敷居をまたいだ。

「たのもう、たのもう」

腹から声を搾《しぼ》りだすと、取次《とりつぎ》の若い衆が折り目正しく膝をたたんで板間に座った。

「拙者、照降長屋の浅間三左衛門と申す。元締めに取りついでほしいのだが」

若い衆に瀧次郎の名を告げると、胡散臭《うさんくさ》い眸子で眺めまわされたあげく、周囲が薄暗くなるまで待たされた。

夜風とともに厚化粧の夜鷹たちが訪れ、土間の隅に積んである菰《こも》を借りていった。板間に置かれた笊《ざる》に小銭を投げいれ、勝手に携えてゆくのだ。

夜鷹は客とのあいだで揉め事が勃《お》こったら、会所の連中を頼るしかない。したがって、小銭を投げいれずに菰を掠《かす》めとる者はひとりもいなかった。想像以上に信頼の絆《きずな》は深いのだ。

それはともかく、四半刻（三十分）ほど経っても、十郎兵衛はおろか誰ひとり顔をみせなかった。

「まいったな」

溜息を吐き、出直してこようかとおもいはじめたとき、痩《や》せてひょろ長い男が音もなくあらわれた。

頬に鉄砲蚯蚓《てつぽうみみず》が這ったような刀傷がある。

十郎兵衛に命じられれば必ず仕事を成しとげる刺客《しかく》、弥平次にまちがいない。

この男の手で瀧次郎は始末されたのだろうと、三左衛門はおもった。

「浅間さま、ごぶさたしておりやした」

「二年ぶりか、おぼえていてくれたようだな」

「いちど目にした顔は忘れやせん」

「ふっ、そうだろうよ。元締めは」

「離室《はなれ》でお待ちです」

弥平次に連れられて長い廊下を渡ってゆくと、中庭をのぞむ離室へ通された。

中庭では幼い男の子が行水《ぎようずい》をしており、目尻を垂らした総白髪の老人が糸瓜《へちま》束子《たわし》で小さな背中を流してやっている。

隣で手伝う襷掛《たすきが》けの美人は、嫁であろうか。

孫が可愛くて仕方ないといった風情の好々爺《こうこうや》こそが、泣く子も黙る夜鷹会所の元締め、十郎兵衛そのひとであった。

離室には酒肴《しゆこう》が用意され、七輪《しちりん》に敷かれた網のうえには帆立貝《ほたてがい》が三個ずつ載っていた。

「さあて、焼けたかのう」

十郎兵衛は腰を伸ばし、庭下駄を鳴らしながらやってくる。

「行水盥に浮かんでおるのは桃の葉よ。汗疹《あせも》にゃあれがいっち効く」

誰に言うともなしにひとりごち、上座にしつらえた席へどっかと座る。

いつのまにか、弥平次は消えていた。

孫も嫁もいなくなり、行水盥も片づけられた。

芸者も酌女もおらず、猫脚膳《ねこあしぜん》と七輪だけがふたつずつ並んでいる。

「へへ、美味そうじゃねえか」

十郎兵衛は帆立の貝殻に、じゅっと醤油《しようゆ》を垂らした。

香ばしい匂いに食欲をそそられ、三左衛門は生唾を呑みこむ。

「ほれ、おめえのほうも焼けてるぜ。食べ頃を逃すんじゃねえ」

「はあ」

三左衛門も席に座り、貝殻に醤油を垂らす。

十郎兵衛はやわらかい帆立を頬張りつつ、盃に冷や酒を注いでくれた。

みずからは焼けた帆立の貝殻に酒を垂らし、直に口を付けてずずっと啜《すす》る。

「こいつがこたえられねえのよ」

庭先に植えられた合歓木《ねむのき》が、陽が暮れてからも淡い紅色の花を咲かせていた。

絹糸のような花を眺めていると、ここが夜鷹屋の離室であることをうっかり忘れてしまいそうになる。

「おめえさん、山師のことで何か用があんのけ」

単刀直入に突っこまれ、三左衛門は我に返った。

「されば訊こう、殺《や》らせたのは元締めなのか」

「野暮なことを訊くもんじゃやねえ」

十郎兵衛は酒を啜り、蜥蜴《とかげ》のような眸子で睨みつける。

「ふん、おれじゃなくても、どうせ誰かが殺っていたさ。瀧次郎てえのはもっともらしい顔でよく喋る男でな、ありゃ詐欺師《さぎし》だ」

「恨んでおったのか」

「あの野郎はな、このおれをまんまと騙しやがった」

瀧次郎の誘いに乗り、十郎兵衛は弥生興行の金主になった。

「弥生興行は空前の大入りだ。ところがどっこい、あの野郎は一銭の配当も寄こさねえ。ぜんぶ使いこんじまったんだ。借りた金を返せねえってんなら、少しくれえは待ってやってもいい。がよ、瀧次郎は金主に払わなきゃならねえ配当を横取りしちまったんだ。そんな性根の腐った野郎を生かしておくわけにゃいかねえ」

しかも、配当の件だけではなかった。瀧次郎には酷《ひど》い方法で殺されねばならない理由があった。酔った勢いで夜鷹を買い、半殺しの目に遭わせたのだ。

「可哀相に、女は二度と商売のできねえからだになっちまった。瀧次郎の顔をよく憶えていてな、おれに泣きついてきやがったのさ。あの男が憎い、どうにかしてくれってな。可愛い夜鷹に泣いて頼まれりゃ、どうにかするしかあんめえ」

十郎兵衛は貝殻への注ぎ酒をやめ、愛用のぐい呑みで冷や酒を呑みはじめた。

「さあ、説いてやったぜ、文句あっか」

「元締め、瀧次郎のことはどうだっていい。頼みたいのはおかじのことだ」

「おかじか、あれだけのあげまんはざらにいねえな。金《かね》の草鞋《わらじ》を履いてでもさがしてえ女だぜ」

「情婦にでもするつもりか」

「そうしてえ気もあるが、やめておこう。どうせ、漬物屋や瀧次郎の二の舞になる」

「どういうことだ」

「おかじの心までは奪えねえってことさ。あの女、金も力もねえ役者のことがいつまでも忘れられねえらしい。へへ、おれはまだまだ枯れるつもりはねえ。こうみえても嫉妬深え男でな、情婦のことでうじうじ悩むのはごめんなんだよ」

「だったら、おかじをどうする」

「岡場所へ売ったら、運が逆《さか》しまに動いちまうかもしれねえなあ」

「見逃してくれるのか」

「ふふ」

十郎兵衛は銚子《ちょうし》を取ると、ことさらゆっくりと酒を盃に注いでくれた。

充血した眸子で三白眼に睨みつけ、ドスの利いた声を洩らす。

「おれはおめえさんに一目置いている。いつぞやか、小太刀の妙技を披露《ひろう》してもらったからじゃねえぜ。悪事を許せねえ心意気を買ってやってんだよ。だからこうして、はなしを聞いてやった。けどな、頼み事を聞いてやるまでの義理はねえ。この世にゃ面子《めんつ》だの何だの、うるせえことが嫌になるほどあってな、よっぽどの理由がねえかぎり、定まり事をくずすわけにゃいかねえんだ」

不義理をした男の妾は、岡場所へ売りとばさねばならない。

「そいつが裏の世の定まり事さ。もちろん、おかじを助ける方法はねえこともねえ」

「聞こうか」

「瀧次郎が寄こすはずだった配当金の五百両、耳を揃えて払うってんなら、おかじを縛りつける理由はねえ」

「よし」

三左衛門は、ぱんと膝を叩いた。

十郎兵衛が眉をぴくっと吊りあげる。

「まさか、おめえさんが払うってのかい」

「ああ、そうだ。期限を言ってくれ」

「ふふ、そうだな。五日やる。十五夜の晩までに金を用意しときな」

「わかった」

「返答した以上、用意できなかったときは覚悟してもらうぜ」

「ああ」

弥平次に寝首を掻かれても、文句は言えない。

「もし、用意できたらどうする」

「へへ、おめえさんの頼み事は何でも聞いてやる。夜鷹屋十郎兵衛が生きているかぎりはなあ」

ふと、庭先に目をやれば、合歓の花は萎《しぼ》み、羽のような葉っぱも眠るように閉じてしまっていた。

「合歓木ってな怒りを除くために植える木さ。今の世の中、つぎからつぎへと腹の立つことばかり起きやがる、いちいち怒っていたんじゃ身がもたねえ、そうだろう」

三左衛門は返事もせず、合歓木を睨みつけた。

五百両を出させるあてはひとつだけあったが、万が一、あてが外れたらほかに金を集める方法はおもいつかなかった。

五百両用意できぬとなれば、命はあるまい。

それを承知で安請けあいした自分は、阿呆なのだろうか。

「今宵は潰れるほど呑むといい。酒は伊丹《いたみ》の下りもの、富士見酒よ。くふふ、こいつが末期《まつご》の酒になるかもしれねえしな」

縁起でもない台詞を吐き、闇の元締めは口端《くちは》を捲りあげた。

八

八ツ小路に出ているのは担い屋台に辻売屋台、八ツ小路の「八」に引っかけて何でも八文で売る「なん八屋」なども床店をひろげている。

鼻先を飛んでいるのは、まるまると肥えた蚊《か》だ。

血を吸って酔ったように飛び、毛臑《けずね》にふわりと舞いおりる。

「くそっ」

臑を打った途端、血が飛びちった。

奈良屋へ行こうか行くまいか、迷っている。

これほど緊張することも久しくなかった。

万が一断られたら、どうする。

三左衛門は本所の夜鷹屋をあとにし、神田須田町まで足を延ばした。

すでに戌《いぬ》の五つ（午後八時）をまわっていたが、明日まで待つことはできそうにない。

頑《かたく》なに閉じられた漬物屋の板戸を敲くと、しばらくして潜り戸が開き、手燭《てしょく》がすっと差しだされた。

びくついた顔をみせたのは、先日、柳原土手をいっしょに歩んだ手代である。

「あ、浅間さま」

手代は三左衛門を命の恩人とおもっているようで、用件も聞かずに敷居の内へ入れてくれた。

「久右衛門どのはおられるか」

「はい、すぐに呼んでまいります」

上がり框に座っていると、久右衛門は火照《ほて》った笑顔であらわれた。

晩酌でもしていたのだろう。

「これはこれは浅間さま、先般はまことに助かりました。何とお礼を申しあげたらよいものか」

「わしはあたりまえのことをしたまで。過分なお礼も頂戴《ちょうだい》したゆえ、そのように恐縮されると困る」

「何を仰います。浅間さまは命の恩人、お礼ならいくらしても足りませぬわい」

「それなら、頼みたいことがひとつある」

夜鷹屋で交わされた内容を、三左衛門はかいつまんで説いた。

無論、五百両はおいそれと他人にくれてやることのできる金ではない。だが、久右衛門は誰よりも、おかじのことを案じていた。おかじを救うためなら、千両でも安いものではないか。

三左衛門は、良い返事を期待していたのである。

ところが、漬物屋の旦那は意に反し、腕組みをしながら考えこんでしまった。

「久右衛門どの、いかがなされた」

「このたびのおはなし、どう考えても算盤に合いませぬ」

「そんなことはわかっておる。算盤を弾くのではなしに、おかじを助けてほしいと申しておるのだ」

「おかじは助けとうござります。されども、芝居興行の金主になるのとは意味合いがちがいます。手前は夜鷹屋に五百両払う義務など、これっぽっちも持ちあわせておりませぬ」

「なんだと。おぬし、おかじが手もとから去ったことを、あれほど悔やんでおったではないか」

「それはそれ、これはこれにござります」

久右衛門の顔が、鬼か閻魔《えんま》にみえてきた。

「鐚《びた》一文も出せぬと申すのか」

「はい、こればかりは、浅間さまのご依頼でも請けかねます」

「くそっ、手の平返しの古狸《ふるだぬき》め」

「おやおや、これは心外。手前を古狸呼ばわりなされますのか」

「そうとしかみえぬわ」

「浅間さまとのご縁も、これまでかと存じまする」

「なんだと」

おぬしのせいで消されるかもしれぬのだぞと言いかけ、三左衛門は口を噤《つぐ》んだ。いまさら何をほざいても後の祭り、久右衛門にひとこと頼めば、右から左に五百両が出てくるものと軽く考えたのがまちがいだった。

「もうよい、頼まぬわ」

三左衛門はがばっと立ちあがり、久右衛門に背中をむけた。

「お待ちを」

「ん、何だ」

「その後、歯痛のほうはいかがです」

漬物屋は愛想笑いを浮かべ、どうでもよいことを訊いてくる。

そういえば、歯痛のことを忘れていた。

「手前はまた痛みだしましてな、やはり、良白先生のお世話になろうかと」

「勝手にいたせ」

「そんな、つれない」

「抜くときは抜く。わしはそう決めておる」

怒りとともに、奥歯がまた疼きはじめた。

これから通旅籠町まで行って歯を抜いてもらい、その足で本所吉田町へ取ってかえし、畳に額《ぬか》ずいて命乞いでもするか。

侍としてわずかに残った矜持《きようじ》の欠片《かけら》が、三左衛門にそれを許さなかった。

こうなったら、死に物狂いで金策に走ろうとおもっても、わずか五日で五百両を集めるのは難しかろう。

ともかく、おまつに相談してみようとおもい、暗い面持ちで照降町の裏長屋へ帰ると、いっそう気分を落ちこませる出来事が起こっていた。

「役者の高麗三が顔を切られたらしいよ。ご近所じゅうの噂さ。河原崎座の楽屋は血の海だって」

「まことか」

おまつに深刻な口調で告げられ、三左衛門は耳を疑った。

木挽町《こびきちょう》の河原崎座は、赤字つづきで座元が夜逃げした森田座《もりたざ》の控櫓《ひかえやぐら》である。色悪で人気の出た高麗三は座元に請われ、夏芝居の主役を演じていた。が、なにせ、背筋をぞくっとさせるのが狙いの怪談物、このところは客の入りもいまひとつで、高麗三は芝居がはねるといつも楽屋で酒を喫《くら》っていたという。

刃傷沙汰《にんじょうざた》は、そうしたさなかに起こった。

「やったのは、おゆめという町屋の娘だってさ」

予想に反し、手切れ金を要求した性悪女ではなかった。

おゆめはまだ十八の娘で、高麗三にもてあそばれたあげくに捨てられた。

「おもいあまってやったことらしいよ」

捨てられた口惜しさと高麗三への未練が綯《な》いまぜになり、自分でもわけのわからぬまま出刃包丁《でばぼうちょう》を隠しもち、楽屋へ忍びこんだ。

「そして、無我夢中で切りつけたのか」

「高麗三は命こそ取りとめたらしいけど、役者生命を断たれたも同然だとか」

出刃で切られた傷は額や頬の数カ所におよび、なかでも頬の傷は深く、白い骨がみえていたという。傷が癒《い》えたとしても、化粧ではどうやっても隠せぬ醜い顔になってしまうのは避けられない。

「まるで、切られ与三を地でゆくようなはなしだな」

役者は顔が命、女に顔を滅多切りにされた色悪が三座の舞台で脚光を浴びることは二度とあるまい。

おゆめはその場で縄を打たれ、咎人となった。

高麗三は町娘と遊んで捨てたことへの報いを受ける恰好になったが、その代償はあまりに大きかった。

「極楽と地獄は紙一重。貧乏でもいい、他人様に恨まれるようなことだけはしちゃいけないね。おまえさんが人気商売じゃなくて、ほんとうによかったよ。くわばらくわばら」

おまつは神棚を拝み、ぱんぱんと威勢良く柏手《かしわで》を打った。

その背中を眺めつつ、三左衛門は掛けることばを失った。

人気商売でなくとも、人はひょんなことで生死の岐路《きろ》に立たされることがある。

　親切が行きすぎてお節介になり、意地を張って墓穴を掘り、退くに退けない三《さん》途《ず》の川岸で途方に暮れてしまう。それが今の三左衛門だった。

「波風多きが浮世の常、一寸先は闇とはよく言ったものだね」

　おまつの一言一言が、胸にぐさりと刺さってくる。

　何をどう説明したところで納得してはもらえまい。

「山師は殺され、役者は顔を切られた。きっと世間は口を揃えて、おかじさんのことをさげまんだって詰《なじ》るにきまっている」

　世間の風は冷たい。わずかでも味噌が付けば、その人への評価はくるくる変わる。

「他人様のことを言えた身分じゃないけど、世間の変わり身の早さといったらないね。おまえさんもそうおもうだろう」

　三左衛門は返事もせずに、おかじの心情をおもっていた。

　もはや、高麗三の帰るところはひとつしかない。

「最後の湊か」

　おかじの口から洩れた台詞を、三左衛門はおもいだした。

九

六日経った。

午後、射るような夏の陽射しが往来に濃い蔭をつくっている。

がちゃがちゃと響く音に振りむけば、定斎《じょうさい》売りが腰を振って歩んでいた。

定斎売りは延命散《えんめいさん》なる暑気払いの煎《せん》じ薬《ぐすり》を簞笥《たんす》に仕舞い、これを天秤棒《てんびんぼう》で担ぎながら炎天下の往来を笠もかぶらずにわざとうろつきまわる。簞笥の鐶《かん》が鳴らす金属音を聞くたびに、無理をせずともよいのにと、いつもおもう。

昨夜、満月が煌々《こうこう》と輝く十五夜の晩、三左衛門は意味もなく魚河岸の近辺をうろついていた。

「旦那」

声を掛けられたので振りむくと、四つ辻に立っていたのは死神だった。

「弥平次か」

「へい」

夜鷹屋十郎兵衛に命じられ、命を取りに来たのだろうとおもった。

弥平次を返り討ちにしても、どうせまた別の刺客がやってくる。江戸を逃れても、連中は地の果てまで追ってくるにちがいない。ここで自分だけあっさり殺されてしまえば、おまつとおすずに危害はおよぶまい。弥平次に殺されるのが最良の道におもわれた。

三左衛門は死を覚悟したのだ。

ところが、死神は意外な台詞を吐いた。

「おめえさんは運がいい」

高麗三が顔を切られたことで、運がひっくり返ったというのだ。

顔を切られて役者生命を断たれた男と、男を立てすごした芸者の悲恋話、それが当代一の立作者《たてさくしゃ》と評判の鶴屋南北《つるやなんぼく》の手で台本に書かれることになった。企ては三座の座元や座頭のあいだで奪いあいになっており、秋芝居での公演が決まったのである。

興行の成功を疑う者とておらず、さっそく、金主が何人か集まった。

当然、世間の注目も集まる。そうとなれば、夜鷹屋十郎兵衛にしても人気芝居のネタもとにあたるおかじを岡場所へ売るわけにいかない。丸一日考えて、おかじを売らぬと決めた。決めた以上、三左衛門と交わした約束もなかったことになるというわけだ。

十郎兵衛自身が秋興行の金主になったと聞き、三左衛門は驚かされた。しかも、儲け話を持ちこんだのは、奈良屋久右衛門であるという。久右衛門も金主となり、元手に掛かる二千両のうちの一千両を出す。十郎兵衛の出した金は五百両だった。残りの五百両は誰が出すのかと訊けば、弥平次は薄く笑いながら応えた。

「おめえさんもよくご存知のおひとだ。通旅籠町の口中医さ」

高杉良白が金主になるというのである。

「まことかよ」

自分だけが蚊帳《かや》の外に置かれているようにおもわれ、三左衛門は寂しかった。

何はともあれ、命拾いしたのはたしかだ。

「やっぱし、おかじはあげまんだったぜ。おめえさんも、おこぼれにあずかったってわけさ」

遠ざかる弥平次の背中を見送り、三左衛門は胸を撫でおろした。

そのとき、奥歯がまた痛みだしたのだ。

庇の蔭をみやれば、さきほどの定斎売りが腰をおろして休んでいる。

暑気にやられたのだろう、元気がない。

「無理をせねばよいのに」

三左衛門は大路を歩みつづけ、通旅籠町の裏手へまわった。

向日葵の咲く屋敷を訪ねると、待合いに座った先客が笑みをかたむけてくる。

奈良屋であった。

「これは浅間さま、以心伝心《いしんでんしん》というやつですな」

「久右衛門どの、なぜ教えてくれなんだ。ちと悪ふざけが過ぎるのではないか」

「ふふ、死神に会われましたか」

「会った」

「歯を抜く前に肝を抜かれましたな、ぷはは」

漬物屋は一本取ったような顔をする。怒る気力も失せた。

「手前が金主になると決めたのも、夜鷹屋へはなしを持ちこもうとおもったのも、すべて浅間さまがきっかけをつくってくれたおかげ。おかじが感謝せねばならぬは、浅間さまなのです。されど、おかじは事情を知らぬ。自分のために赤の他人が奔走《ほんそう》し、命まで賭けたことを知らずにいます」

それでよいではないか。

おかじは皮肉にも、高麗三が顔を切られたことで岡場所に売られずに済んだ。

いちどは縁を切った漬物屋の俠気に救われたのだ。

「高麗三のやつ、おかじのもとへもどったそうですよ」

「さようか」

「おや、驚きませんな」

「ひとつ、お聞きしても」

「何だ」

「浅間さまはなぜ、おかじのために命を張ろうとなさったのです」

「はあて、自分でもよくわからぬ。山伏井戸で助けたのがすべてのはじまり、躓《つまず》く石も縁の端というやつさ」

「なるほど」

久右衛門が頷いたところへ、板戸一枚隔てたむこうから声が掛かった。

「つぎの方」

「さて、そろりと土壇へむかいますか」

「ふむ」

久右衛門は立ちあがり、三左衛門もこれにつづいた。

やがて、人のものとはおもえぬような悲鳴が看立所に響きわたった。

「ぶひぇええ」

三左衛門は良白に命じられ、久右衛門の両腕を背後から羽交い締めにする。

「放すな、放すでないぞ」

と命じる良白は両手で鋏《やっとこ》を握り、狙った奥歯を引きぬこうと悪戦苦闘していた。乾涸《ひから》びた足の裏を久右衛門の胸にあてがい、力任せに引きぬこうとするのだが、奥歯は地中に根を張った切り株のように微動だにしない。

「ぎ、ぎゃあああ」

肥えた漬物屋の暴れ方は尋常なものではなかった。

「これ、しっかり押さえつけよ」

三左衛門は良白に叱られながらも奮闘し、つぎは自分が抜かれる順番だということを忘れていた。

夕刻、三左衛門はげっそりした顔で照降長屋へもどってきた。

「お帰り、抜いたのかい」

「ああ」

「どう」

「積年の恨みから解放された気分だ」

「ふふ、そいつはよかったね」

おまつは夕照を正面に浴び、満面の笑みを泛《うか》べてみせる。

「おかじさんが見えられたよ。ほら、これ」

上がり框には、西瓜がまるごとひとつ置いてある。

「ひとりじゃなかったよ」

「高麗三もいっしょか」

「うん。晒布《さらし》で顔をぐるぐる巻きにしてね、とても出歩けるからだじゃなかったらしいけど、おまえさんにどうしてもひとことお礼が言いたかったそうだ」

「礼など言われるおぼえはないがな」

「夜鷹屋の元締めに経緯《いきさつ》を聞いたんだと。わたしも詳しくは知らないけど、おまえさん、あのふたりのために命を張ったそうじゃないか」

ふたりのためではない。強いて言えば、おかじのためであったが、黙っておこう。

「おかじさん、先だって見えられたときとは様子がちがってね、何だかとっても幸せそうだったよ」

「そうか」

「男のひとを立てすごすってのは難しいもんだよ。でも、おかじさんには最後の最後で幸運が転がりこんできた」

高麗三は顔を切られてはじめて、真実《まこと》の情けを知った。

「あのひと、やっぱり、あげまんだったんだねえ」

おまつは眸子をほそめ、ふうっと溜息を吐いた。

「おまつ、秋芝居が楽しみだな」

「うん、そうだね」

幸と不幸は紙一重、人情の機微《きび》がわかる鶴屋南北ならば、きっと面白い台本を書いてくれるはずだ。

三左衛門はにんまり笑い、おまつが用意してくれた盥の水に素足を浸けた。

※本書は２００６年５月に小社より刊行された作品に
加筆修正を加えた「新装版」です。

双葉文庫

さ-26-33

照《て》れ降《ふ》れ長屋《ながや》風聞帖《ふうぶんちょう》【五】

あやめ河岸《がし》〈新装版《しんそうばん》〉

2020年3月15日　第1刷発行

【著者】
坂岡真《さかおかしん》

【発行者】
箕浦克史

【発行所】
株式会社双葉社
〒162-8540 東京都新宿区東五軒町3番28号
［電話］03-5261-4818(営業)　03-5261-4833(編集)
www.futabasha.co.jp
(双葉社の書籍・コミックが買えます)

【印刷所】
中央精版印刷株式会社

【製本所】
中央精版印刷株式会社

【表紙・扉絵】南伸坊
【フォーマット・デザイン】日下潤一
【フォーマットデジタル印字】飯塚隆士

ISBN978-4-575-66989-3 C0193
Printed in Japan

柏田道夫　桃《とう》鬼《き》城《じょう》奇《き》譚《たん》　戦国伝奇 ファンタジー

戦国を舞台に空前絶後の鬼退治！　昔話「桃太郎」を大胆に解釈し、圧巻のエンターテインメントに昇華した、傑作伝奇ファンタジー巨編！

風野真知雄　わるじい慈剣帖（一）　いまいくぞ　長編時代小説〈書き下ろし〉

あの大人気シリーズが帰ってきた！　目付に復帰したのも束の間、孫の桃子が気になって仕方がない愛坂桃太郎は江戸への帰還を目論むが。

風野真知雄　わるじい慈剣帖（二）　これなあに　長編時代小説〈書き下ろし〉

孫の桃子を追って八丁堀の長屋に越してきた愛坂桃太郎。大家である蕎麦屋の主に妙に気に入られ、次々と難珍事件が持ち込まれる。

風野真知雄　わるじい慈剣帖（三）　こわいぞお　長編時代小説〈書き下ろし〉

川沿いの柳の下に夜な夜な立つ女の幽霊。桃子の夜泣きはこいつのせいか？　愛坂桃太郎は、可愛い孫の安寧のため、調べを開始する。

坂岡真　帳尻屋始末　抜かずの又四郎　長編時代小説〈書き下ろし〉

訳あって脱藩し、江戸に出てきた琴引又四郎は闇に巣くう悪に引導を渡す、帳尻屋と呼ばれる人間たちと関わることになる。期待の第一弾。

坂岡真　帳尻屋始末　つぐみの佐平次　長編時代小説〈書き下ろし〉

「帳尻屋」の一味である口入屋の蛙屋忠兵衛と懇意になった琴引又四郎は、越後から女房を捜しにやってきた百姓吾助と出会う。好評第二弾。

坂岡真　帳尻屋始末　相《あい》抜《ぬ》け左近　長編時代小説〈書き下ろし〉

善悪の帳尻を合わせる「帳尻屋」には奉行所が絡んでいる!?　蛙屋忠兵衛を手伝ううち、又四郎は〈殺生石〉こと柳左近の過去を知ることに。

坂岡真　帳尻屋仕置【一】
土風《つちかぜ》
長編時代小説〈書き下ろし〉

凶事の風が荒ぶとき、闇の仕置が訪れる――。蔓延る悪に引導を渡す、熱き血を持つ男たちの姿を描く痛快無比の新シリーズ、ここに参上！

坂岡真　帳尻屋仕置【二】
婆威《ばばおど》し
長編時代小説〈書き下ろし〉

小舟に並んだ若い男と後家貸しの女の屍骸。ただの相対死にとは思えぬ妙な取り合わせに不審を抱いた蛙屋忠兵衛は――。注目の第二弾！

坂岡真　帳尻屋仕置【三】
鈍刀《どんとう》
長編時代小説〈書き下ろし〉

両国広小路で荒岩三十郎という浪人と知りあった忠兵衛は、荒岩の確かな腕と人柄を見込み、帳尻屋の仲間に加えようとするが――。

坂岡真　帳尻屋仕置【四】
落雲雀《おちひばり》
長編時代小説〈書き下ろし〉

帳尻屋の仲間として、忠兵衛たちとともに数々の修羅場を潜ってきた不傳流の若武者琴引又四郎に、思わぬ決断のときが訪れる。

坂岡真　帳尻屋仕置【五】
凶賊
長編時代小説〈書き下ろし〉

両替商が押しこみに遭い一家惨殺という事件が起きた。賊の龍神一味を捜すよう命じられた忠兵衛は訪れた先で島帰りらしき男を見掛ける。

坂岡真　帳尻屋仕置【六】
吠《ほ》え面《づら》
長編時代小説〈書き下ろし〉

帳尻屋の仲間のおくらに縁談が持ちあがった。戸惑いつつも、おくらの幸せを願う忠兵衛だが直後に相手の男、三太郎が奇禍に遭い――。

坂岡真　帳尻屋仕置【七】
激突
長編時代小説〈書き下ろし〉

江戸市中が飢饉の影響で混迷を極めるなか、帳尻屋を襲う未曾有の大嵐。最凶の敵を相手にした空前絶後の闘い。結末はいかに――!?